Almut Tina Schmidt

ZEITVERSCHIEBUNG

Roman

Literaturverlag Droschl

> Wir haben eine Aufgabe zu erledigen, und zwar schnell. Wir wissen, dass jeder Aufschub verhängnisvoll wäre. Die wichtigste Krise unseres Leben ruft fanfarengleich zu unverzüglichem Einsatz, zur Tat auf. Wir sind bereit, wir brennen vor Eifer, mit der Arbeit zu beginnen, und sonnen uns in Gedanken bereits im strahlenden Glanz dessen, was wir erreichen wollen. Es muss, es soll heute in Angriff genommen werden, und dennoch schieben wir es auf morgen; und warum? Es gibt keine Antwort, nur ein Gefühl des *Perversen.* [...] Der nächste Tag bricht an, und mit ihm ein noch drängenderes panisches Bestreben, unsere Pflicht zu tun, aber mit genau dieser Steigerung unserer Panik auch ein namenloses [...] heftiges Verlangen nach Verzögerung. Dieses Verlangen gewinnt an Stärke, während die Zeit verfliegt. Die letzte Stunde naht, in der noch etwas zu retten wäre. Wir zittern aufgrund der Wucht unseres inneren Konflikts [...]. Aber [...] wir kämpfen vergeblich. Die Uhr schlägt – die Totenglocke für unser gutes Leben. Gleichzeitig setzt sie dem Spuk ein Ende. Der Alb, der uns so lange gelähmt hat; er hebt sich hinweg – er verschwindet, wir sind frei. Die alte Tatkraft kehrt zurück. Jetzt werden wir arbeiten. Aber, ach, es ist *zu spät*!
>
> (Edgar Allan Poe, *Der Dämon des Perversen*)

Ich war ohnehin zu spät, konnte mir also Zeit lassen. Vor der Tankstelle lagen verbilligte Straßenkarten in einer Wühlkiste. Ich kaufte mir ein Eis. Jack Kerouac empfiehlt in *On the Road* Apfeltorte und Eiscreme: *that's practically all I ate all the way across the country, I knew it was nutritious and it was delicious, of course.* Die Straßenkarten waren veraltet, das Navigationsgerät im Auto ganz neu; dennoch verschwendete ich einige Minuten dieses hellen warmen Nachmittags damit, die Pläne zu sichten: *Unteres Maintal, Nordfriesland, Siegerland, Sauerland, Ostwestfalen.*

In der Nacht zuvor war ich endlich mit meiner Arbeit vorangekommen. Monatelang hatte ich an meinem Schreibtisch gebrütet, wenig geschlafen, selten die Sonne oder andere Menschen gesehen und dennoch kaum etwas geschafft, bis mich ein Brief aus diesem Zustand erlöste: das Prüfungsamt hatte mein Attest – Rückenschmerzen! – akzeptiert und die Abgabefrist für meine Magisterarbeit um vier Wochen verlängert. Vier gewonnene Wochen, vier weitere Wochen Zeitdruck, Schlafstörungen, Kaffee und Erbsensuppe, Schweißbäder, Einsamkeit und nervöse Ticks, vier weitere Wochen Rückenschmerzen. Ich atmete auf.

Dieselben vier Wochen waren zwar längst für ein Praktikum eingeplant; doch so sehr interessierte mich das Archiv ohnehin nicht (was ich Jahre später bedauern würde): ich hatte Zeit gewonnen. Nichts war verloren.

Ich versuchte das Praktikum kurzfristig zu verschieben; im Archiv war man wenig erfreut, aber man werde über einen Ausweichtermin nachdenken, ich solle mich wieder melden. Ich rief Anna an und Meret und meine Eltern (die viel später erst zugeben würden, dass dieses Telefonat sie keineswegs beruhigt, sondern nur umso größere Sorgen ausgelöst hatte – die ich im Nachhinein noch lächerlicher finden sollte als meine eigenen), turnte jede Übung meiner Wirbelsäulengymnastik, hörte in den Nachrichten, wie sich die Parteien für den Bundestagswahlkampf in Stellung brachten, schaute die Stapel liegengebliebener Post durch, verlängerte die Leihfrist aller Bibliotheksbücher, ging einkaufen, kochte frisches Gemüse und mailte Melanie, dass ich nun doch zu ihrer Hochzeit kommen könne (was sie nicht mehr rechtzeitig lesen würde, da sie bereits am Heiraten beziehungsweise am Tellerzerschlagen war). Den Abend verbrachte ich mit Reisevorbereitungen. Das Wesentliche war schnell gepackt. Vincent lieh mir Auto und Navigationsgerät. Ich überlegte, ob ich den Laptop mitnehmen sollte: ich würde unterwegs nicht zum Arbeiten kommen, das war mir klar, trotzdem konnte ich mich schwer von meinem Computer trennen und von der Illusion, zwischen Ja-Wort und Tango vielleicht doch Gelegenheit für die ein oder andere Notiz zu finden – schließlich war mein gesamter bisheriger Schreibkrampf kaum anderes als eine zwar täglich frustrierende, aber dennoch beruhigende Illusion von Arbeit gewesen; von solchen Gewohnheiten lässt man nicht leicht.

Ich klappte das Gerät auf, um noch einen Blick auf meinen Text zu werfen. Die Wörter starrten unfreundlich zurück, mit sperrigen Substantivierungen und dreifachen Genitivkonstruktionen vollgestopfte Nebensätze verstellten den Zugang. Diese sprachlichen Ungeheuer erkannte ich alle wieder, ich erinnerte mich, wie sorgfältig ich jedes einzelne gesucht und gewählt hatte. Doch jetzt erzählten sie mir nur noch von einem ebenso verbissenen wie vergeblichen Bemühen um präzise Berücksichtigung jedes, auch des unwesentlichsten Randaspekts (von dem ich doch schon wusste, wie bald er selbst mich nicht mehr interessieren würde. Diese Zeit würde vorübergehen; und ich durfte sie nur nicht in Schockstarre ungenutzt verstreichen lassen, dann würde auch diese Arbeit fertig werden).

Mit kleinen Änderungen versuchte ich zu retten, was angesichts des verschobenen Abgabetermins vielleicht doch noch zu retten war, löste hier ein Wortungetüm in einen Halbsatz auf, strich dort ein Adjektiv, aber mein Text blieb ein abweisender Block aus überfüllten Sätzen, bis ich, missmutig und müde, immer mehr zu kürzen, Absatz für Absatz zu streichen begann. Erst kurz bevor die gesamte Arbeit im Papierkorb zu verschwinden drohte (als wäre Zeit, alles neu zu schreiben), hielt ich ein, stellte die zuletzt gelöschten Passagen wieder her und kehrte zu kleinteiligen Reparaturarbeiten zurück. Ein fehlendes Komma lenkte meine Konzentration aufs allerkleinste Detail, möglichst weit weg vom quälenden Blick aufs grobe Ganze, ich überprüfte Zeichensetzung und Konjunktive, zweifelte Präpositionen an, stieß auf unvollständige Fußnoten, ergänzte Seitenangaben und Erscheinungsdaten und fügte Zitate ein. Einige meiner Wortmonster verschob ich, verteilte sie zwischen die Zitate, dort störten sie weniger. Allerdings vermehrten sie sich. Ungelenk schrien sie nach modifizierenden Beiwörtern, nach differenzierenden Übergängen – so entstanden neue Wortmonster unter meinen Fingerkuppen, schon bildeten sie Sätze; aus kurzen Anmerkungen wurden Absätze, ein halbes Kapitel. Immer wenn ich nicht weiter wusste, rettete ich mich ins Korrigieren, ich kontrollierte Satzzeichen, bis ich überhaupt nicht mehr konnte, bis meine Augenlider zuckten (ich hätte längst schlafen sollen), bis der Nacken ernsthaft schmerzte, bis meine Finger streikten – bis auf einmal doch noch etwas ging, bis meine Sätze mir etwas sagten, bis ich nicht mehr an Kommas und Konjunktive dachte, nicht einmal mehr an Adjektivmengen- und Wortlängenbegrenzungen, ich staunte, wie sich meine staksigen Wörter zu Gedanken formten, die neue Gedanken, also Worte, nach sich zogen; ich schrieb und schrieb, auch ohne Kaffee munter, überwach, unter meinen Fingern wuchs der Text, und die Sätze machten Sinn, immer mehr Sinn, sie schlugen klärende Breschen in das Dickicht all der möglichen Sätze, in andere Irren lockende Alternativformulierungen wichen zurück, Argumentationslinien traten hervor und schienen sich von selbst fortzuschreiben, alles fügte sich, ich schrieb. Meine Rückenschmerzen waren mir egal, meine Erschöpfung war mir egal. Melanies Hochzeit war mir egal. Erst als ich zu bedauern begann, das Praktikum voreilig vertagt zu haben, da ich nun sicher im ursprünglich vorgesehenen Zeitraum fertig würde, stimmte mich meine Zuversicht misstrauisch genug, dass ich lieber ins Bett ging. (Mein Empfinden, dass die neuen Wortmonster schlanker und eleganter seien als die alten, sollte sich später selbstverständlich als Täuschung erweisen.)

Den nächsten Vormittag verschlief ich. Schließlich hatte ich Zeit. Und ich wollte ausgeruht ins Auto steigen. Unter der Dusche kreisten meine Gedanken um Beispiele verminderter Fahrtüchtigkeit in *On the Road*. In meinen Text schaute ich nicht mehr, ich wollte mir die Reise nicht verderben.

Das Navigationsgerät zeigte mir den Weg und die voraussichtliche Ankunftszeit (wieder ein Termin, den ich nicht würde einhalten können). Ich hatte den Freitagmittagverkehr unterschätzt; zur Stauvermeidung fehlten mir Erfahrung und Gespür. Als Kind hatte ich oft Verkehrsfunk mitgehört; seit ich selbst autofahren konnte, nur noch selten. Stockend schoben sich die Fahrzeuge voran. Ich klammerte mich ans Lenkrad, mein Rücken schmerzte. Zum erstenmal seit Wochen war ich ausgeschlafen, also ausnahmsweise auf angenehme Weise müde, mal mehr, mal weniger verlangsamt, wie der Verkehr um mich her. »So fühlt es sich an, wenn man Zeit hat, wenn man Zeit hat, wenn man Zeit hat«, sang ich vor mich hin, um mich wachzuhalten (und wusste bereits, dass ich wenige Wochen später nicht mehr der Meinung sein würde, an diesem Tag Zeit gehabt zu haben: ich hätte jede Minute nutzen, zu Hause bleiben und im Text fortfahren sollen).

Sauerland. Siegerland. Mein Eis begann zu tropfen. Ich aß schneller, nahm zwei Straßenkarten, die ich nicht brauchte (und die ein schlechtes Hochzeitsgeschenk abgeben würden), und ging noch einmal ins Tankstellenhäuschen. Vor der Kasse hatte sich eine Schlange gebildet. Ein Mann hatte Probleme mit seiner Kreditkarte.
Als Melanie mir zum ersten Mal von ihren Heiratsplänen erzählt hatte, kam mir der Termin gelegen: ich nahm mir vor, meine Magisterarbeit zwei Wochen vor Abgabeschluss einzureichen und anschließend entspannt zur Hochzeit zu fahren.

Als Melanies und Olivers schriftliche Einladung eintraf, plante ich noch, zumindest die erste Fassung abzuschließen, zur Feier zu fahren, den Text in den darauffolgenden Tagen zu überarbeiten und pünktlich zum Einreichtermin abzugeben. Erst als sich die Erkenntnis gar nicht mehr verleugnen ließ, dass es selbst mit einer Rohfassung bis zum Hochzeitstermin knapp würde, sagte ich Melanie ab. Und schließlich bat ich meinen Arzt um ein Attest.
Viel lag mir nicht an Melanies Party, aber sie hatte mehrmals betont, wie sehr sie sich freuen würde, wenn ich käme. Ich hatte es schon nicht zu ihrer Examensfeier geschafft (damals hatten mein vorletzter Schreibkrampf und die finale Krise mit Fabian einander überlappt beziehungsweise bedingt). Und jetzt stand ich in dieser Tankstelle, die Schlange bewegte sich nicht. Eine Frau suchte Scheibenwischerblätter, die sie in jedem Baumarkt billiger und schneller bekommen hätte; auch mit ihrer Geldkarte gab es Probleme. Ich merkte, wie ich die Kontrolle über meine verkrampften Finger verlor (zerknickte Straßenkarten würden ein noch armseligeres Hochzeitsgeschenk abgeben) und über meine Stimme, die ich auf einmal viel zu laut, viel zu gereizt, viel zu dramatisch quieken hörte: »Ich habe es eilig. Es tut mir leid.«

Lange Zeit bin ich überall zu spät gewesen. Kaum hatten meine Eltern aufgehört, mich zum Kindergarten, zur Schule, zum Spielen, zum Schwimmen, zum Zahnarzt zu fahren, begann ich gegen die Uhr zu rennen.
Eltern sind pünktlich; selbst wenn alle Welt im Stau steckt. Ich dagegen konnte rennen, wie ich wollte, sogar auf direktem Weg, sogar in die richtige Richtung; ich kam zu spät. Zu spät ins Kino, zu spät ins Konzert, zu spät zum Fotokurs, zu spät zum Sport, zu spät zu jeder Demonstration; zu spät ohnehin für die wirklich großen Demonstrationen, zu spät für

Wandzeitungen, für Sit-ins, viel zu spät für Happenings und für Aktionen. Zu spät, um überhaupt noch an Richtungen zu glauben (soviel zumindest schien klar). Zu spät für Aufbruchspathos und viel zu spät für jeden Aussteigertraum. Und dennoch niemals nach Plan.
Mehrmals habe ich meinen ersten Kuss verpasst, fast auch den Bewerbungstermin für das Schüleraustauschprogramm, meine ersten beiden Fahrprüfungen, die Highschool Graduation Party, die Abi-Ballprobe, Studien- und Berufsberatungstermine, viele, viele Züge und täglich den Bus. Auch zu meinem Fahrradunfall kam es nur ganz knapp. Nachdem ich aus der Narkose aufgewacht war, konnte ich mich kaum daran erinnern, wie mich das Wohnmobil kurz vorm Abbiegen von der Hauptstraße erfasst, und noch weniger, wie es mich mitgeschleift hatte. Mehrere Wochen lag ich im Krankenhaus. Meine Eltern hielten sich an die Besuchszeiten und verbreiteten Zuversicht; dass auf der Intensivstation kein Bett für mich frei gewesen war, nahmen sie als gutes Zeichen. Rennen konnte ich länger nicht, aber sobald ich in der Lage war, mich selbst zum Röntgen und zur Krankengymnastik zu schleppen, kam ich auch dort zu spät. Ich hatte Schmerzen, Schmerzen und Zeit; Zeit für Ideen, Gedanken, Pläne (und für die nachgeholte Todesangst, die nach einer Woche, als ich mich genug gefreut hatte, noch einmal davongekommen zu sein, in mir hochstieg, um sich für Jahre in meinen Träumen festzusetzen). Das einzige, was ich in diesen Wochen nicht verpasste, waren viel zu viele Fernsehserien, die meine wechselnden Bettnachbarinnen nie einzuschalten vergaßen.

Mein Studium begann ich mit den besten Vorsätzen, zumal das *akademische Viertel* meiner Zeitauffassung entgegen kam – wenn auch nicht weit genug. Spätestens als ich eine Wohnung direkt neben der Universität gefunden hatte, kam ich nie mehr pünktlich: der Weg in die Hörsäle war nun so kurz, dass ich ihn überhaupt nicht mehr einkalkulierte und erst mit Beginn der Veranstaltungen zu Hause aufbrach.

Wenn meine Eltern mich besuchten, kündigten sie sich für einen früheren Zeitpunkt an als tatsächlich geplant. Ähnlich, nur umgekehrt, verfuhren sie mit meinen Großeltern, die regelmäßig zu früh bereit waren. Überhaupt legten es meine Großeltern darauf an zu warten; wenn sie selbst verreisten, trieb es sie lange vor ihrem Abfahrtstermin zum Bahnhof. Immer früher brachen sie auf, nur einmal vergaß mein Großvater unterwegs die Zeit – seitdem machten meine Eltern sich Sorgen.

Ich machte mir keine Sorgen (damals), nicht um meine Großeltern, nicht um meine Eltern und sicher nicht um mich; es war die Phase, in der die Zukunft zur Verfügung stand. Ich verschwendete meine Zeit bei Überblicksvorträgen zu Weiterbildungsangeboten. Und mit Reiseplänen, gemeinsam mit Fabian, der ansonsten seine Zeit in *Sterben Lernen*-Seminaren verschwendete. Melanie verschwendete ihre Zeit in Tangokursen und auf Amateurturnieren, obwohl ihre Chancen auf eine Karriere als Profitänzerin mit jedem weiteren Jahr Anglistik- und Germanistik-Studium schwanden. Vincent verschwendete seine Zeit mit Auslandssemestern und Projektanträgen. Sascha verschwendete seine Zeit mit Praktika bei verschiedenen Medien. Daniela verschwendete ihre Zeit als wissenschaftliche Hilfskraft, Elisabeth verschwendete ihre Zeit mit Nachhilfeunterricht, Gabriella verschwendete ihre Zeit mit der Suche nach der perfekten WG. Anna verschwendete ihre Zeit mit Effizienzstudien und Motivationsseminaren. Sogar mich versuchte sie zu motivieren, was allerdings konterkariert wurde von Meret, die ihre Zeit mit Erzählungen über Pünktlichkeit als Verhängnis verschwendete: da gab es den Freund, der überfahren wurde, als er eine Abkürzung nahm; die Bekannte ihrer Tante, die rechtzeitig an der Bushaltestelle stand und die die Splitterbombe im Mülleimer zerfetzte; den Chef, der seinen Herzinfarkt nur bekam, weil ihm entgangen war, dass eine Deadline sich erledigt hatte; und die Freundinnen, die nur überleben würden, wenn sie ihr Flugzeug, ihren Zug, den Mann ihrer Träume versäumten.

»Biegen Sie *jetzt* links ab«, riet das Navigationsgerät. Doch da hatte ich die Abzweigung bereits verpasst. Ich fuhr zu langsam, um den Ankunftszeitprognosen dieses Spielzeugs zu genügen, und doch zu schnell, um im richtigen Moment seinen Anweisungen nachzukommen. Das Gerät dagegen passte sich reaktionsgeschwind dem jeweiligen Stand meiner Irrfahrt an und schlug beständig Alternativrouten und Wendeplätze vor, um mich vom falschen Weg zu holen; sogar als ich nur für eine letzte Pause auf einen Parkplatz einbog. An einem Imbissstand trank ich Kaffee und kaufte ein Plüschtier mit sehr großem extrakorporalem Herzen.

Als ich endlich auf der Hochzeit ankam, stellte sich heraus, dass ich die einzige war, die auf Kitsch und Quatsch gesetzt und nicht einmal Geschenkpapier zum Kaschieren dieser Geschmacklosigkeit zur Hand gehabt hatte. Sogar die rustikalwaidmännische Dekoration des Gasthofs, in dem die Feier stattfand, hob sich noch positiv von meinen Albernheiten ab. Schnell deponierte ich Stofftier und Straßenkarten auf dem riesigen Gabentisch neben dem Eingang. Auf den ersten Blick erkannte ich niemanden unter den Gästen. Kurz erwog ich die Möglichkeit, auf der falschen Party gelandet zu sein. Aber wahrscheinlich waren das schlicht alles Olivers Freunde. Oder Verwandte.

Niemand sprach mich an. Obwohl ich mir vorgenommen hatte, fahrtauglich zu bleiben, nahm ich ein Glas Wein. Auf dem Büffet stand Reihe um Reihe vornehm vor sich hin schim-

mernder Alkohol. Doch anscheinend wollte kaum jemand etwas trinken. Im Glas eines dünnen Mannes schwamm noch der Beutel seines Kamillentees. Die Frauen schienen – ein Glas Sekt in der Hand, an dem sie aber bloß pro forma nippten – ausnahmslos schwanger zu sein, nicht nur die Braut, die endlich erschien und der man noch kaum etwas ansah (erst recht nicht, dass es Zwillinge würden). Melanie trug ein cremefarbenes Brautkleid mit einem schief über dem Kopf aufgeplusterten weißen Tüllnest, halb Hut, halb Schleier. Sie sah gleichzeitig jünger und älter aus in ihrer untaillierten Märchenprinzessinneneleganz, mit ihren hüpfenden Föhnlocken und ihren Tanzschritten zu keiner Musik; überdreht stieß sie kleine atemlose Töne aus, eine Art Freudenschluckauf, mit dem sie sich selbst in Stimmung zu bringen schien. Auch bei meinem Anblick brach sie in begeistertes Kicksen aus – dann erst bemerkte sie, wen sie vor sich hatte, und sagte eher entgeistert: »Ich dachte, du schreibst deine Diplomarbeit!« Und tatsächlich hätte ich in diesem Moment lieber vor meinem Computer gesessen.
Melanie hatte mich nachdrücklich genug zu ihrer Hochzeit eingeladen; gerade jetzt wolle sie ihre Freundschaften pflegen, man brauche »doch ein Gegengewicht«. Und nun stand ich hier und verhakte mich in Erklärungen zu strapazierten Bandscheiben – Unfallspätfolgen, möglicherweise –, zu perfektionistischen Selbstzweifeln und befreienden Schreibräuschen und verstand bereits nach wenigen Sätzen selbst nicht mehr, was ich da erzählte und warum ich es so wichtig nahm. Als auch noch Melanies Mutter und Bruder zu uns stießen, brach ich ab und murmelte nur noch: »Immerhin habe ich jetzt Zeit.«
»Und schaffst du's?«, fragte Melanie. »In dieser Zeit?«
Und ich ärgerte mich, weil ich mich darüber ärgerte, dass sie mein Thema vergessen hatte, von dem ich doch bereits seit Jahren redete. Ihre Mutter rief: »Wenn das die Beatniks ge-

wusst hätten, dass heute wissenschaftliche Arbeiten über sie geschrieben werden!«

Daraufhin konnte ich es nicht lassen, die Massen an Sekundärliteratur zu erwähnen, durch die ich mich hatte durcharbeiten müssen, und aufzuzählen, wer von den Protagonisten der Beatgeneration alles selbst akademische Abschlussarbeiten verfasst hat (schließlich ist das – worauf ich jedoch erst später kam – ebenfalls eine effiziente, wenn auch unglamouröse Methode, ungesund zu leben); sogar der Studienabbrecher Jack Kerouac hat sich auf zweitem Bildungsweg daran versucht, was allerdings nur die hartnäckigeren seiner Fans wissen, im Gegensatz zur allgemein bekannten Tatsache, dass er in drei Wochen, aber eigentlich zehn Jahren *On the Road* geschrieben hat – »ja, zehn Jahre von den ersten Notizen bis zur Veröffentlichung«, erklärte ich Melanies Mutter, die das wenig beeindruckte, obwohl sie im Gegensatz zu ihren Kindern den Roman gelesen hatte und behauptete, immer noch an seine Ideale zu glauben. Auf meine Frage, welche Ideale sie denn meine, reagierte sie fassungslos; so wenig Ahnung hatte sie nicht erwartet, schließlich handelte es sich um mein Fachgebiet. (Und tatsächlich fiel mir entscheidende Momente zu spät ein, mit welchem wissenschaftlich gebotenen Gestus demonstrativer Demut vor dem Text und seinen vielfältigen Deutungsoptionen ich ihre ignorante Arroganz von oben herab hätte überbieten können.)

Doch da erschien Oliver. Melanie streckte die Arme aus, umklammerte seine Schultern, als versuche sie, die Rolle einer Frischverheirateten in einer Filmkomödie der Fünfzigerjahre nachzuspielen (sie schien sich von diesem Tag tatsächlich etwas versprochen zu haben). Höhepunkt war ihr gekicherter Ausbruch: »Ich kann noch gar nicht fassen, dass ich wirklich verheiratet bin!« (Vier Jahre später sollte sie auch schon wieder geschieden sein.) Und ich konnte sie schlecht bestätigen;

schließlich hatte ich die Zeremonie verpasst. Melanies Bruder Tobias dagegen klopfte zufrieden auf seine Kamera, da war alles gespeichert. Auch einen echten Trauzeugen hatte er zur Hand.

»Ja, alle meine Exfreunde sind hier«, stellte Melanie ihn mir vor, »Oliver fand das nicht so lustig.« Was nun Oliver wiederum anders sah (aber im Nachhinein würde er Melanies Kommunikationsverhalten insgesamt für so toxisch halten, dass dieses Detail kaum ins Gewicht fallen sollte).

»Du bleibst doch noch ein bisschen?«, rief Melanie mir zu. Und schon war ich wieder allein. Nur der Trauzeuge stand weiterhin neben mir. Ich trank mein Glas leer und versuchte etwas Konversation über die Retroatmosphäre im Raum. Er sah mich an, als frage er sich, ob er das auf sich beziehen solle. Ich entschuldigte mich damit, dass ich nicht wirklich da sei, und erklärte ihm (weil ich annahm, dass er unser Gespräch über meine Kerouac-Arbeit mitverfolgt habe, was sich allerdings als Irrtum erweisen sollte), wie ich mich wieder einmal in eine existenzielle Krise manövriert hatte. Eigentlich gebe es kein Problem (kein Problem? Meine Großeltern wurden immer älter, mein Vater fing an zu husten, auch meine Mutter ging immer häufiger zum Arzt und noch viel häufiger zur Kosmetikerin. Und ich bekam die ersten grauen Haare). Überhaupt kein Problem, deshalb müsse ich zwanghaft Notlagen arrangieren, bis mir die paar lächerlichen Herausforderungen in meinem Leben interessant genug schienen, um sie endlich anzugehen; wie in einem Actionthriller, wo ohne den Kampf gegen die Uhr auch nichts los sei. Aber so: »Allein die Freude, wenn ich in dieser Situation einen Arzt finde, der Mitleid mit mir hat!« Jetzt schaute er interessiert. »Anscheinend«, fuhr ich fort, »brauche ich das. Dabei ist es pervers – Poe zumindest nennt es *perverse*, kennst du das, *The Imp of the Perverse*? Man könnte jetzt darüber streiten, wie sich das am besten übersetzen lässt; aber es bleibt *perverse*. Und es gibt mir nun mal den Kick. Wo bekommt man den schon so billig.«

Er schwieg, und ich begann mich zu fragen, ob die Abfolge der Wörter *Arzt*, *pervers* und *Kick* ihn möglicherweise irritiert hatte (sollte aber erst viel später erfahren, dass es meine Art war, *Poe* und *perverse* affektiert englisch auszusprechen, die ihn in diesem Moment eher nicht ahnen ließ, dass wir fünf Jahre später gemeinsam ein Kind zeugen würden).

Er murmelte etwas von einer Mitfahrgelegenheit, um die er sich kümmern müsse, und blickte an mir vorbei zum anderen Ende des Raums, wo sich Melanie und Oliver mit einem älteren Paar unterhielten. »Ich fliehe ja immer«, erklärte er. »Komme zwar nie weit. Aber versuchen kann man es doch. Einmal rauskommen aus diesem falschen Film.« Und er ging. Sprach allerdings weiter. Daher folgte ich ihm (und wusste nicht, wieviel Gelegenheit ich noch finden sollte, über seine Sätze nachzudenken).

Als wir zu Oliver und Melanie stießen, hatten sich ihre Gesprächspartner bereits verabschiedet. »Sind das die Leute, die in meine Richtung fahren? Und noch einen Platz in ihrem Auto haben?«, fragte der Trauzeuge. Melanie nickte: »Aber bleib doch. Bitte! Wir sind noch gar nicht zum Reden gekommen!« Und sie schmiss sich ihm ein bisschen an den Hals (als wolle sie ein kleines Stück ihres früheren Lebens festhalten). »Es findet sich sicher jemand anders.«

Er lächelte matt. Oliver grinste. Melanie seufzte. Und ich fragte mich, warum ich nicht wusste, wann dieser Trauzeuge in ihrem Leben eine Rolle gespielt hatte (und übersah dabei, dass ich nicht einmal seinen Namen kannte, ihm also ohnehin keine verliebten, genervten, gequälten Erzählungen aus der Vergangenheit hätte zuordnen können). Melanie versuchte, ihren nächsten Seufzer beschwingt klingen zu lassen. Sie hatte erreicht, was sie wollte; jetzt musste sie reden. »Ja«, begann sie einen, nun überzeugend euphorisch klingenden Herzlichkeitsausbruch, »wie geht es dir? Ist der Wein gut? Ich darf ja nicht… Ich freu mich ja so, dass ihr alle da seid! Dass du« – das galt mir – »es auch geschafft hast! Dass du extra gekommen bist! Wir müssen nachher unbedingt noch –« (und ich begann zu ahnen, dass ich am Ende nach Hause fahren würde, ohne mehr als zehn Sätze mit ihr gewechselt zu haben. Gut, dafür war sie die Braut, für alle Gäste zuständig, überall zugleich). »Morgen schon sind wir in Ägypten! Sich das vorzustellen!«, rief sie. Und war mit den Augen bereits woanders. (In wenigen Wochen, am Telefon, würde ich mich mit Melanie wieder bestens verstehen, sie würde sich Zeit nehmen, da war ich mir sicher.) Ihr Exfreund schaute zur Tür, wo das ältere Paar gerade endgültig verschwand (so dass er nun niemals erfahren sollte, durch welchen so unwahrscheinlichen wie amüsanten Zufall die beiden einander damals am Bodensee kennengelernt hatten; kein Wort über die Hochzeitsfahrradtour quer durch Holland, über die Enkel, die längst in ihrer eigenen Welt lebten, über die Wochen in Mexiko, die Jahre in Malaysia, die plötzliche Verhaftung in Hongkong; auch über die Prozesse mit ihren Nachbarn kein Wort). Er schien kaum zu registrieren, wie Melanie ihrem zukünftigen Exmann ans Büffet folgte, ohne uns noch einen Blick zu gönnen (Jahre später würde sie allerdings behaupten, genau gemerkt zu haben, wie sich zwischen uns etwas entwickelt habe). Auch ich ließ ihn stehen, weil ich Sandra entdeckte, Sandra, die mit mir in Kalifornien gewesen und wieder dort gelandet war, soviel wusste ich bereits. Sie trug die gleiche Sorte Collegeschuhe wie früher, Figur und Haltung erinnerten immer noch an eine schwach trainierte Ballerina. »Bist du extra zur Hochzeit aus Amerika gekommen?«, fragte ich und erfuhr, dass sie ohnehin auf der Durchreise sei, eigentlich immer auf der Durchreise, mal dort, mal hier. Ich bewunderte sie für ihr entspanntes Slackertum, bis ich begriff, dass sie in Heidelberg und Stanford parallel promovierte.

Ich war seit meinem Schuljahr in den USA nie wieder dort gewesen, trotz meines amerikanistischen Themas und obwohl mein Highschool-Abschluss mir lange Zeit die Illusion unbegrenzter Möglichkeiten vermittelt hatte: als gäbe es eine zweite Zukunft für mich in Amerika, als könnte ich ein zweites Ich dort weiterleben und bereits studieren lassen, während ich selbst nach Deutschland zurückkehrte, um im Gymnasium das verlorene Jahr nachzuholen (und so erst richtig zu verlieren; auch wenn ich mir aufgrund meines vorzeitig erworbenen Führerscheins noch eine Weile einbilden sollte, den anderen voraus zu sein). Und jetzt stand Sandra in all ihrer Beweglichkeit vor mir, sie hatte ihr zweites Ich zum Leben erweckt, es für sich arbeiten lassen – gut, dafür kam sie auch schwer von ihm los, »natürlich geht das nicht ohne Zeitprobleme«; nein, sie verwendete den Ausdruck »organisatorische Herausforderungen«, sie lebte ihre beiden Leben und kam dabei schneller voran als ich mit meinem unfertigen Magisterstudium – »ja, ich weiß«, erklärte ich ungefragt, »dass sich inzwischen längst der Master-Abschluss durchgesetzt hat«, und nervte mich selbst mit Ausführungen über die Ablaufdaten von Studiengängen und Prüfungsordnungen, die zu Beginn meines Studiums gegolten hatten. »Vielleicht liegt es daran«, sagte ich überflüssigerweise, »dass ich faktisch auf dem Campus wohne; ich bin noch dort, wo ich längst nicht mehr hingehöre, das hält mich anscheinend davon ab, effizient mein Studium abzuschließen. Andererseits: was ist schon Effizienz – letztlich doch nur was für Leute, die wirklich keine Zeit haben.« Ich dagegen hatte jede Menge Zeit, keine Zeit zu haben: überall gab es soviel zu verpassen; ich wusste viel zu oft, was, wann und wo.

»Du hattest einen Unfall«, soviel hatte Sandra also noch mitbekommen.

»Ohne Spätfolgen«, beteuerte ich. »Aber ich habe ein Attest, keine Sorge, ich habe ein Attest, alles ist okay, es geht mir gut, es geht mir gut! Ich habe gerade vier Wochen geschenkt bekommen, Jack Kerouac hat sein Hauptwerk in drei Wochen runtergeschrieben; also, das muss reichen!«
Sandra sah aus, als bemühe sie sich ernsthaft, mich zu verstehen. Doch noch bevor ich auch ihr meine Situation genauer erklären konnte, kamen die Eltern der Braut auf uns zu. Melanies Vater betrachtete uns wohlwollend, während seine Frau ihn mit sehr schnellen Worten informierte, wer wir seien und woher er uns eigentlich kennen müsse.
»Ja, die amerikanischen Hochschulen – was teuer ist, kann ja nur gut sein«, zwinkerte er Sandra zu, die daraufhin so sichtbar zu überlegen begann, dass er ihr gut gelaunt auf die Schulter schlug. Melanies Mutter zuckte zusammen. Sandra dachte noch angestrengter nach.
»Ja, das darf man nicht sagen, wissen Sie ja selbst am besten; ist ja Bildung, ist ja alles Bildung«, setzte Melanies Vater nach, »ich weiß, ich weiß, ich weiß.«
Diese ganze Szene würde ich gern überspringen. Auf mich kam es ohnehin nicht an, ich hätte mich wegstehlen können, mich neben irgendeine Sekt trinkende Person stellen und ein nicht weiter erwähnenswertes Gespräch beginnen über unsere jeweiligen Verwandt- oder Freundschaftsverhältnisse zum Brautpaar, übers Wetter, den Straßenverkehr, über unsere Aszendenten und unsere jeweils – möglichst beiläufig erwähnten – prominentesten persönlichen Bekannten, über Ferienreisen und nur sehr, sehr kurz über die Umstände, die mir in diesem Sommer jeden Urlaub unmöglich machten – doch ich begriff zu spät, was mich erwartete; blieb also stehen. Und muss mich nun fragen, ob Sandras Suada, mit der sie Melanies Vater unterstellte, ihr unbedarfte Amerikanophilie zu unterstellen, wirklich so krude und frostig aus ihr herausplatzte, wie ich mich

inzwischen zu erinnern meine. Hoch und hektisch beklagte sie die allgegenwärtige Zeitverschwendung durch ressentimentgesättigten Smalltalk (anscheinend hatte auch sie ihre Spezialthemen): das sei keine bloße Oberflächlichkeit, sondern: »Eine Beleidigung der Zusammenhänge! Dieses bequeme Desinteresse der Teilinformierten! Diese Selbstbeschränkung! Ohne Not!« (Aber was wusste sie schon.) »Diese Verweigerung jeder ernsthaften Auseinandersetzung unter dem Deckmantel eines kritischen, zumindest meinungsstarken Bewusstseins!« Und ich stand neben ihr und wusste nicht, wie und wohin ich schauen sollte.

Melanies Vater sah Sandra immer wohlwollender an: »Ich sag's ja, ich sag's ja nur.« (Statt uns zum Beispiel von seinen Kooperationen mit Kanada zu erzählen. Oder auch von seinem mühelos absolvierten Studium in Deutschland und Frankreich, in der Erinnerung nichts als eine große freie Zeit, von seinen ambivalenten Erfahrungen als Rechtsreferendar in der Kanzlei von RAF-Anwälten, dem langwierigen Scheitern seiner ersten Beratungsfirma in den 80ern, seinen unerwartet lukrativen Beteiligungen an den ersten Ökofonds, seiner Ab- und Aufbauhilfe in der frisch vergangenen DDR, seiner wachsamen Begeisterung für die Digitalisierung; von seiner Blitzkarriere in einer lokalen Protestpartei berichtete er erst recht nichts: die stand ihm noch bevor.)

Als das Brautpaar auf seiner nächsten Runde durch den Raum bei uns vorbeikam, atmeten wir auf; Sandra schien selbst erleichtert, dass ihr Ausbruch vorüber war. Doch dann sprach Oliver seinen Schwiegervater auf die Tagespolitik an. Niemand hatte Lust auf eine weitere Diskussion. Bevor das Schweigen drückend wurde, vermutete ich so unaufgeregt wie möglich, dass Gerhard Schröder sich verkalkuliert haben würde; und alle nickten, zum Wahlkampf herrschte Harmonie pur. Nur Melanie hatte von den anstehenden Neuwahlen überhaupt nichts mitbekommen – aber gut, dafür war sie die Braut. Mir dagegen diagnostizierte Sandra (noch überlaut, aber nun gewendet ins Gutgelaunte) überhöhten Medienkonsum: »Du bist informiert. So schaffst du das nie, mit deinem Studienabschluss.« Dabei war ich wenig genug am Leben in diesen Monaten: »Und etwas Wirklichkeit braucht man doch!«

Am Büffet wurden allmählich die Speisen aufgebaut. Aber es sollte auch was passieren. Melanie erklärte, ein paar Leute hätten sich »etwas überlegt«, wir alle sollten uns »etwas überlegen.« Und schon begann einer von Melanies Exfreunden (den Melanie drei Jahre zuvor, angeblich genervt von seiner Antriebslosigkeit, verlassen hatte; wenige Monate vor seinem Durchbruch in der Kleinkunstszene und inzwischen auch im Fernsehen und als Kolumnist mehrerer Zeitungen) mit Anekdoten zu den Themen *Melanie und ihre Fingernägel*, *Melanie und ihr Telefontick* sowie *Melanie und ihre unfair gehandelten Schuhe*, die kaum an Melanie erinnerten, wie ich zumindest sie kannte – aber die Form solcher Erzählungen war allen vertraut, wir wussten, wo wir zu lachen und zu applaudieren hatten, und kamen dem umso lieber nach (wer wollte auch bei einer Hochzeit lebensechte Beziehungsdetails).
Melanies Vater begann seine Rede damit, wie charmant Melanie ihn zu überreden versucht habe, auf ihrem Fest den Mund zu halten. Doch er freue sich so sehr auf seine Enkelkinder, dass er einfach reden müsse – hier verpasste er allerdings den richtigen Moment, die schlecht verhinderte Ansprache zu einem würdigen Schluss zu führen; und als er das bemerkte, versuchte er sie mit so vielen Worten zurückzunehmen, dass er schließlich – nur weil er nicht rechtzeitig aufhören konnte – die Bedeutung des Verwaltungsakts, der den Anlass zu diesem Fest bot, über Gebühr relativierte: ob verheiratet oder nicht, es werde ohnehin alles weitergehen wie bisher; damit kam er

endlich doch zu einem Punkt (auch wenn er sich mit seiner Prophezeiung irrte: denn pünktlich in der Hochzeitsnacht sollten Erwartungen, Spannungen, Ängste und Aggressionen zum ersten Mal so eskalieren, dass beide Brautleute früher und später davon erzählen würden).

Niemand ließ sich von der ausufernden Rede abschrecken, vielmehr wirkte dieser Auftritt enthemmend, es wurde mehr getrunken, und immer mehr Leute drängte es zu reden. Als sogar Lyrik zitiert wurde, kramte auch ich in meinem Poesiealbumgedächtnis, zitierte Heine (*und wäre nicht das bisschen Liebe*, das einzige Gedicht – neben dem ersten Teil von *Howl* –, das mir ohne Hilfe aus Bücherregal oder Internet zur Verfügung stand). Der Text kam mäßig an. Nur Melanies Mutter war nun sehr begeistert, »gerührt«, schrie sie beinahe: »gerührt!«

Ich ging zum Büffet. Jack Kerouac empfiehlt in jeder Lebenslage hinreichende Berauschung. Nach dem dritten Glas Wein fühlte ich mich, nach Monaten ohne Alkohol, betrunken. Ich aß Häppchen und Schnittchen, betrachtete die präparierten Fuchs- und Wildschweinköpfe an der Wand und redete mit Leuten, an die ich mich schlecht erinnern kann, weil sie keine weitere Rolle in meinem Leben und erst recht nicht in dieser Geschichte spielen, selbst wenn sie mir an diesem Abend interessant genug schienen (eine dünne Rothaarige mit ihren Lebenskrisenklassifizierungen, ein Blonder mit sehr breitem Mund voll eckiger Zähne, der seine Ansichten über Zeitdilatation ausbreitete und mir damit irgendetwas sagen wollte), dass ich den ersten Tanz verpasste. Erst als die Musik aus dem Nebenraum immer lauter wurde, ging ich hinüber. Im Türeingang drängten sich die Gäste, es dauerte, bis ich dahinter im gedimmten Licht etwas von den Paaren sehen konnte, die sich im Takt hierhin und dorthin warfen. Doch dann starrte ich immer faszinierter hin: Braut und Bräutigam hatten sich im

Tanz gefunden, sie schwebten durch den Raum mit selbstverständlicher Leichtigkeit; in jeder kleinen Reaktion aufeinander zeigten sie eine Harmonie und zugleich Behändigkeit, die sie mit ihren eigenen Schrittmustern nie hätten erreichen können. Dass Melanie ein paar Kilo mehr mit sich herumtrug als sonst, fiel kaum auf, sie wirkte umso weicher in ihren Bewegungen. Es schien so leicht, jede Schwere zu überwinden; es genügte, sich der Musik zu überlassen, schon stimmten die Abstände, das Timing. Hier war Melanie ganz bei sich und ihrem Mann und gleichzeitig in rhythmischer Übereinstimmung mit ihren (ebenfalls wohltrainierten) Eltern.

»Als Vater war Kerouac ja eine Katastrophe; dafür hat er fast lebenslang bei seiner Mutter gewohnt.«

»Bitte?«, fragte Tobias neben mir, und ich merkte, dass ich laut gesprochen hatte. Immerhin hatte er nichts verstanden. Drinnen lief inzwischen kein Tango mehr, sondern ein Musikmix, zu dem alle irgendetwas hätten hüpfen können. Trotzdem blieben die meisten am Rand stehen. Tobias hätte gern auf der Hochzeit seiner Schwester getanzt: aber die aktuelle Nummer erinnerte ihn an eine Tanzstundenpeinlichkeit, die seine Extremitäten gleich beim ersten Schritt verknoten würde. Ich glaubte ihm kein Wort und war dennoch erleichtert, dass er es mit mir zumindest nicht riskieren wollte; ich war paralysiert vor Minderwertigkeitsgefühl, vor Neid (nach meinem Unfall hatte ich mir das Tanzen abgewöhnt, und später gab es Fabian in meinem Leben, der ein viel zu guter Tänzer für mich war). Nervös lauschte Melanies Bruder der Musik. »Oh, nein!«, rief er bei der nächsten Nummer. »Auch das noch! Der Soundtrack zu meinen Mackerambitionen! Wann war das noch mal in den Charts?«

Ich konnte das Stück gerade einmal als Mambo einordnen. Das nächste Lied kannte ich überhaupt nicht. Tobias dafür umso besser. »Aua! Das lief vor zwei, nein, drei Jahren, ich weiß es noch viel zu genau – gut, es war nur ein Missverständnis, aber: aua! Und es lag nur an mir. Ich hab's einfach nicht gerafft.« Er schüttelte sich. »Das ist das Fiese an der Musik. Da verdrängt und verdrängt man und denkt, man hätte es endlich geschafft, und dann kommen so ein paar Töne wie damals aus dem Autoradio, und alles bricht wieder auf. Dieses Autoradio! Die DJane«, seufzte er (und ich entdeckte erst jetzt das Plattenpult), »kennt alle meine Niederlagen! Wer ist das überhaupt? Die hab ich noch nie gesehen; also, das wüsst ich. Oh, Hilfe, jetzt auch noch *My heart goes boom*! Wie peinlich! Wie peinlich!«

Ich hörte den Song zum ersten Mal und nickte trüb im Takt. Anscheinend liefen gerade die Lieblingssongs der Brautleute. Tobias schüttelte den Kopf über den Geschmack seiner Schwester. Ich war nur erfreut und irritiert von *I think I'm a Mother*, das fiel ausreichend aus dem Rahmen, um Tobias fragen zu können, ob er auch damit etwas Unangenehmes verbinde. »Nicht so direkt, aber PJ Harvey war doch eine Zeitlang mit Nick Cave zusammen, daran erinnert mich die Stimme jedes Mal. Und Nick Cave, also, das ist wirklich bitter, dass ich den überhaupt nicht mehr hören kann, ohne an letzten Sommer zu denken – all diese Illusionen: ich wollte auch schon heiraten, weißt du? Fast wär ich so weit gewesen!«

Als die Musik wieder weich wurde, wirkte er allerdings noch gequälter. »Who can say where the road goes«, säuselte eine Frauenstimme, das kannte ich von irgendwoher, konnte es aber nicht einordnen. Tobias dagegen umso besser: »Das war *unser* Lied!« Er schüttelte sich: »*Unser Lied!* Wieviel Grauen in so einer sentimentalen Phrase liegen kann.« Er starrte weiterhin die DJane an (und ich begriff immer noch nicht, dass er nur wartete, bis sie einmal weniger beschäftigt wäre). Kaum mündete die Beschallung wieder in ein vollständiges Tangoalbum, sprintete er zu ihr ans Pult. Und ich wusste nicht, ob ich erleichtert oder verletzt sein sollte, dass er die Peinlichkeit, die uns beide verband, unerwähnt gelassen hatte (dass er die Episode bereits vergessen hatte, schien mir unwahrscheinlich; aber vielleicht war damals keine Musik gelaufen, in dieser Bar neben dem Kino, in dem wir uns zufällig getroffen hatten: ich zumindest konnte mich nicht erinnern).

Und ich wusste nicht, welche Erinnerungen der Trauzeuge, neben dem ich durch Tobias' Abgang zu stehen kam, mir noch bescheren würde. Melanies Exfreund sah nicht so aus, als ob er mich registrierte. Warum tanzte nicht wenigstens der. Mit halbgeschlossenen Augen und rhythmischem Pendeln von Oberkörper und baumelnden Händen schien er sich bereits der Musik überlassen zu haben. Doch dann fiel er aus dem Takt und murmelte: »So steht man neben sich und sieht, wie die Optionen einem entgleiten.« Es klang, als spreche er mit sich selbst. Aber er schien damit einverstanden, dass ich antwortete beziehungsweise nun ebenfalls laut mit mir selbst redete: »Ich steh nicht neben mir, ich renne hinter mir her, hechelnd und keuchend, immer versuch ich mich zu erwischen, den einen oder anderen Moment mit meiner Timeline in Übereinstimmung zu bringen.«

»Und wenn du dich einholst, dann kracht ihr zusammen und fallt auf die Nase?«, fragte er.

»Ja, da spürt man sich…« Ich versuchte ein Lachen. »Nein, in solchen Momenten fällt mir nur umso mehr auf, wie ich mein sonstiges Leben vertrödle. All diese Ablenkungen – kein Wunder, dass man sich nach etwas Pathos sehnt. Melanies Vater hat ja recht, der Anlass für diese Feier ist banal, der Zeitpunkt willkürlich; aber einmal so einen Termin setzen und schreien, dass man am Leben ist, möglichst laut, mit möglichst viel Aufwand, vor möglichst vielen Zeugen, damit man es selbst wirklich mitbekommt und sich später vorrechnen kann, doch, das leuchtet mir ein.«

»Willst du auch heiraten?«

Aber ich wollte nur weg, zurück nach Hause, um weiter gegen die Zeit zu kämpfen. Ich musste an meinen Schreibtisch, dort gehörte ich hin, zu meinen Sätzen über Kerouacs Sätze. Nicht auf diese Hochzeit, überhaupt nicht unter Leute, am wenigsten neben diesen Mann, der auf einmal so wach wirkte, dass mir auffiel, wie erschöpft ich war – und sicher entsprechend aussah. Je aufmerksamer dieser Mann mir zuhörte, desto peinlicher klang, was aus meinem Mund herauskam, und dass ich noch nicht betrunken genug war, um diesen Zusammenhang ignorieren zu können, verschlimmerte es nur; nein, ich war längst nicht betrunken genug für diese Feier, für dieses Gespräch. Um mich ans Steuer zu setzen, hatte ich allerdings schon zuviel getrunken. Also konnte ich mir genauso gut noch ein Glas holen. Ich wollte zum Büffet und blieb doch wie festgeschraubt neben diesem Mann stehen, der nun auf seine eigenen Fluchtbedürfnisse zurückkam: »Alle habe ich schon gefragt, aber niemand kann mich mitnehmen. Ich könnte ein Taxi bestellen; wenn's nur nicht so teuer wär.« Dabei lächelte er; anscheinend funktionierte auch er nicht so ganz, was mich auf seltsame Weise beruhigte, obwohl es mich gleichzeitig nervös machte: seine Geduld, sein Fatalismus, seine Langsamkeit regten mich auf, selbst seine Schuhe konnte ich allmählich nicht mehr ertragen, er trug besonders billige Turnschuhe, die nicht einmal schäbig genug waren, um irgendeinen subtilen Geheimdresscode zu bedienen. Ich hätte ihn treten können, ich hätte ihn beißen wollen, nur um unser Gespräch zu beenden (aber so weit waren wir noch nicht). Ich hielt es nicht länger aus. Entschlossen umklammerte ich meine Laptopumhängetasche (die ich, wie ich jetzt erst bemerkte, keinen Moment lang abgesetzt hatte).

»Wo musst du eigentlich hin?«, fragte er (wie man schon hätte ahnen können).

Die Richtung stimmte. Und so brauchte ich wenigstens nicht zu fahren.
Eilige Abschiedsszenen später (der ungelenk unter Geweihen mit sich selbst tanzenden Sandra winkte ich nur flüchtig ins Halbdunkel zu, nach Tobias suchte ich nicht einmal, was mir noch leidtun würde, aber auch nichts geändert hätte) lenkte er Vincents Auto zur Parkplatzausfahrt hinaus und ließ sich vom Navigationsgerät den Weg in die Stadt weisen, in der er aufgewachsen war und die er, wie sich herausstellte, nur wenige Monate verlassen hatte, bevor ich zum Studieren dorthin gezogen war (wir hatten einander also bereits unser Leben lang knapp verpasst; zumindest würden wir das später einmal so sehen wollen).

Er fuhr konzentriert, nicht so demonstrativ entspannt wie Fabian (der überhaupt nichts damit demonstrieren wollte, auch wenn ich das lange Zeit unterstellt hatte). Es kam mir lächerlich vor, an Fabian zu denken, nur weil ich hier ein anderes Exemplar der Gattung Exfreund neben mir hatte. Und auf keinen Fall wollte ich über Fabian reden, aber mir fiel sonst nichts ein (außer Anmerkungen zu Jack Kerouac, die ich mir erst recht verkneifen wollte). Um ebenfalls konzentriert auf die Straße zu schauen und mich gelegentlich zu räuspern, war ich zu nervös. Und so erzählte ich von meinem Exfreund, speziell von Fabians sentimentaler Fantasie, die er mir (noch während unserer Beziehung) treuherzig gestanden hatte: dass er sich in Phasen überhandnehmender Verliebtheit regelmäßig vorstelle, der jeweiligen Person lange nach Ende der Beziehung in aller Freundschaft und sanfter Erinnerungserotik wiederzubegegnen (und noch während ich redete, kam mir mein Gequassel so verquer wie illoyal dem armen Fabian gegenüber vor, der doch nur – wie ich mir inzwischen längst zurechtgelegt hatte – versuchte, die Kontrolle über sein Begehren, über sein Leben

zu behalten); aber er sagte ganz ernsthaft: »Ja, das habe ich mir auch immer sehr harmonisch vorgestellt, so ein Wiedersehen auf stabilem Boden und längst nicht mehr vermintem Grund.«
»Und jetzt?«
»Na ja. Vor allem merkt man bei solchen Anlässen, wie lange das alles zurückliegt und wie wenig wichtig man einander werden kann.«
Wir schauten geradeaus. Das Auto fuhr zügig durch die Dunkelheit; die Straßen waren fast leer. »Nein«, sagte er, in Gedanken immer noch bei der Braut, »ich hab das nie überschätzt. Wir sind kurz vor ihrem Erasmusjahr in Canterbury zusammengekommen; ich hab sie dort zwar mal besucht, aber im wesentlichen bestand unsere Beziehung aus Verabredungen zur Kommunikation aus der Ferne. Damals war Telefonieren ja auch noch teuer. Na ja, und als sie zurückgekommen ist, war für mich Zeit zu fliehen.« (Selbstverständlich würde Melanie mir später erzählen, dass sie es gewesen sei, die Schluss gemacht habe.)
Bevor er seine Exbeziehung vollständig kurz und klein reden konnte, warf ich ein: »Warum hast du es dann auf ihrer Hochzeit nicht länger ausgehalten?«
Aber er hatte nur seinen Flug nicht verpassen wollen; am Morgen sollte es in die USA gehen; »nur so«, versicherte er (und dabei war ich es, die betrunken war).
Ich lächelte nach vorn, durch die Windschutzscheibe, räusperte mich und strengte mich an, nichts über Kerouac zu sagen. Auch er schwieg, schaltete das Fernlicht ein und wieder aus. Ich versuchte mir die Fichtenreihen am Straßenrand einzuprägen, die das Licht gestreift hatte. Das war ein Spiel, das ich manchmal mit mir spielte: ich fokussierte Nebensächlichkeiten und wettete mit mir selbst, ob ich mich jemals an sie erinnern würde – eine sinnlose kleine Übung; ein fotografisches Gedächtnis lässt sich nicht antrainieren. Von all diesen Versu-

chen ist mir nur das vergebliche, gezielt fehlinvestierte Pathos des Augenblicks in Erinnerung geblieben, mit dem ich mich wieder und wieder für möglichst bedeutungslose Ausschnitte meiner Wirklichkeit entschieden habe.
Das Navigationsgerät wies ihn mit strenger Stimme aufs Tempolimit hin. Er zuckte zusammen und drosselte die Geschwindigkeit. Beim Schalten streifte er mein Knie. (Doch so weit waren wir noch nicht.) Er entschuldigte sich. Ich rückte meine Beine zurecht. Nun begann das Gerät unsere Ankunftszeit neu zu berechnen, verkürzte die Fahrt zunächst, gab dann aber eine gute Stunde hinzu, um sich schließlich sehr langsam wieder dem alten Stand anzunähern. Nervös beobachtete er diese Entwicklung. Ich konnte ein Kichern nicht unterdrücken.
»Um diese Zeit gibt es keine Staus«, sagte ich, um uns beide zu beruhigen. »Das Navi hat nur ein Problem mit seiner inneren Uhr.« (Dabei war meine innere Uhr bereits am Rasen, immer wieder überschlug ich die verbleibende Fahrtzeit, dachte mich ans Ziel, stellte mir vor, bereits zu Hause zu sein, an meinem sicheren Schreibtisch, in meinem ruhigen Bett.) Doch als er allen Protesten des Geräts zum Trotz wieder schneller fuhr, versuchte ich ihn zu bremsen. Ich wollte keinen Unfall riskieren; auf die wenigen Minuten, die wir vielleicht gewinnen würden, kam es nicht an: »Auf meiner Uhr sind die ohnehin schon um«, fügte ich unsinnigerweise hinzu und erklärte, dass ich meine Armbanduhr vorgehen ließ – ein Trick, der zu meiner eigenen Verwunderung funktionierte. Nicht dass ich jemals pünktlich gewesen wäre, aber ich beeilte mich wenigstens; das Bild der vorrückenden Zeiger verlor seine Wirkung nicht, so genau ich auch wissen mochte, um wieviel Minuten sie mich täuschten. Gleichzeitig konnte ich mich darüber freuen, in Wirklichkeit meiner Zeit vorauszusein: Mit Hilfe meiner kleinen Manipulation hatte ich immer noch ein bisschen Zeit.
Er kannte sich aus mit solchen Methoden. »Aber ist das nicht

traurig? Um nicht alles zu verpassen, müssen wir so tun, als wäre unsere Zeit bereits vergangen; nicht unsre Lebenszeit, aber genau die paar Minuten, auf die es ankommt. Die ganze Gegenwart!«

»Aber dieses Bisschen scheintoter Zeit, das brauch ich«, sagte ich, »diese jämmerlichen sechs Minuten, das ist meine Verfügungsmasse, dafür opfere ich auch die Gegenwart.«

Nun überraschte er mich mit dem vergleichsweise stürmischen Bekenntnis, teils frühreif, teils Spätzünder zu sein.

»Wer ist das nicht?«, fragte ich.

»Aber in unterschiedlicher Ausprägung«, beharrte er und zählte seine persönlichen Abweichungen vom angeblich Üblichen auf, von denen er je zwei in ein dialektisches Verhältnis zueinander quetschte: frühkindliche Klavierkompetenz gegen spätes Verständnis für Indie-Rock, Eine-Welt-Engagement als Schüler gegen politische Lethargie im Studium, schnelle Erfolge im Grundstudium gegen Orientierungslosigkeit vorm Examen, erstes Ferienlager mit fünf gegen Nesthockerei bis zum Vordiplom, Taschengeldaufbesserung durch Nachhilfe ab zwölf gegen die anhaltende Weigerung, irgendwann mal richtig mit dem Geldverdienen anzufangen. Er verschwendete seine Zeit mit unhonorierten Rezensionen in zweitrangigen wissenschaftlichen Fachzeitschriften, schlecht bezahlten Jobs (im Ticketvertrieb diverser Kulturveranstalter) und noch schlechter bezahlten Praktika (um das letzte habe er sich ausschließlich beworben, weil dem Auswahlverfahren eine gewisse Exklusivität anhaftete; es war nicht leicht, genommen zu werden, das habe ihn herausgefordert und ihn seltsamerweise noch über die Zeit des strapazierend langweiligen Praktikums getragen), Zusatzqualifikationen (mehrere Programmierkurse hatte er nebenbei abgeschlossen und eine Mediatorenausbildung begonnen, aus der er nun den Ausstieg nicht fand) und einem Dissertationsprojekt, über das er nicht viel verraten wollte (außer dass es irgendwie um Revisionismus ging und dass er auf ein Stipendium hoffte), und dem alles umspannenden Gefühl, zwischen viel zu vielen Möglichkeiten auf der Stelle zu treten.

Ich hielt das alles für völlig normal, bilderbuchdurchschnittlich, typisches Symptom unserer Generation, ein Ergebnis unserer artgerecht wattierten Kindheit und Jugend, und er widersprach mir nicht (obwohl er noch ganz anderes hätte erzählen können und später auch erzählen würde: seinen ihm unbekannten Vater würde er dabei nach der Sprachregelung seiner Großeltern hartnäckig als »Zufallsbekanntschaft« bezeichnen; seine suchtkranke Mutter als »sporadisch auftauchende, nicht unherzliche Nebenfigur« seiner Kindheit, auf deren Beerdigung er erst begreifen sollte, dass das seine Mutter gewesen sei; so würde er es fassen, immer bereit, seine Traumata zu relativieren). Nur dass er bei seinen Großeltern aufgewachsen war, erwähnte er, und wie sie sich bemüht hätten, pädagogisch und konsumkulturell auf der Höhe der Zeit zu bleiben.

»Aber schon im Kindergarten wollte ich Native American, also damals Indianer, werden und war bis heute noch nie in Amerika«, sagte er. »Inzwischen würde mich Südostasien, Vietnam, Laos, mehr interessieren. Doch ich fürchte, meinen Großeltern wär das zuviel – zu weit weg, zu gefährlich. Die USA, da war mein Opa selbst einmal, das können sie verstehen, das ist okay.« (Er unterschlug, im Gespräch oder auch in seinem Bewusstsein, dass sein Großvater keineswegs als Tourist, sondern als einer der ersten deutschen Austauschschüler in den USA gewesen war und ihn nach der Rückkehr nur seine frühe Familiengründung im Land gehalten hatte; dass seine Großeltern daher besser als er selbst, besser sogar, als angebracht war, um die Gefahr wussten, er könne unterwegs auf unwiderstehliche Herausforderungen stoßen und aus ihrem immer anstrengenderen und zugleich eintönigeren Leben verschwinden.)

Ich musste gähnen. Er warf mir einen Blick zu und hörte auf zu reden. Wir schauten aufs Navigationsgerät und hinaus in die Dunkelheit. Aus irgendeinem Grund erwartete ich, dass wir plötzlich gemeinsam loslachen würden, ich zumindest war darauf eingestellt und lachte schon einmal ein bisschen. (Und wusste doch noch gar nicht, dass ich mir im Nachhinein einbilden würde, auf dieser ersten gemeinsamen Autofahrt an *Harry und Sally* gedacht zu haben; und sogar daran, ihn auf den Film anzusprechen, was allerdings kaum eine gute Idee gewesen wäre, nicht nur weil er eine Abneigung gegen Filme mit Meg Ryan hegte.)

»Ja, ist schon besser, dass ich fahre«, sagte er und blickte auf die Straße. Und es sollte wahrscheinlich höflich klingen, als er nach einer Weile hinzufügte: »Nein, ich bin schon sehr froh, dass du mich mitgenommen hast. So schaff ich es gerade noch. Wenn man nicht vom Fleck kommt, muss man wenigstens in Urlaub fahren.«

Ich schaute auf seine Turnschuhe und aufs Navigationsgerät, und dachte an Kerouac. Und redete los. Über Amerika. Über Sehnsüchte und Reisen. Über Text und Leben und die Transformation von Leben in Text. Über Kerouac. Das war nun mal mein Thema. (Obwohl ich schon wusste, dass ich mich dafür hassen würde, ich wusste sogar, dass mir mein Sermon im Nachhinein noch penetranter, noch hermetischer vorkommen würde; und ich wusste nicht, dass das letztlich nichts ausmachen würde.) Ich versuchte, es schnell hinter mich zu bringen. Ich quasselte ohne Pause, als ließe sich dieser Heilige der Selbstzerstörung am besten in möglichst überdrehtem Zustand beschwören. Meine Ausführungen kreisten wieder einmal darum, wie Kerouac *On the Road* über viele Jahre hin konzipiert, nach intensiven Recherchen (wenn man all seine Reisen und Freundschaften, sein ganzes Leben in diesen Jahren mit diesem Begriff zusammenfassen mag) in einem beispiellosen Schreibrausch niedergeschrieben, dann wiederum jahrelang mühevoll überarbeitet – und im Nachhinein eine Theorie *spontaner Prosa* entwickelt hatte.

»In meiner Arbeit geht es«, sagte ich, »natürlich nicht um die Frage, inwieweit die drei Wochen Schreibrausch die zehn Jahre Vorbereitungen und Überarbeitungen bedingt haben und umgekehrt; aber nur, weil mir dazu ein brauchbarer Interpretationsansatz fehlt. Ich will ja nicht biografistisch oder gar zeitkontenmystisch werden. Auch wenn der Text dazu herausfordert. Neal Cassidy, also Dean Moriarty, will alles gleichzeitig leben, das ist der einzige Aspekt übrigens, bei dem ich Kerouacs Faszination für diese Person nachvollziehen kann: Moriartys Genie liegt in der Ablehnung jedes vernünftigen Zeitmanagements, er versucht, die Zeit zu überholen, also, das ist kein Multitasking, das ist Wahnsinn, und das hat er, also Cassidy, ja auch nicht lange überlebt, auch wenn der Text davor bereits zu Ende war.«

Das Navigationsgerät meinte längst wieder, dass wir zu schnell unterwegs waren, während ich noch hektisch über Mythologisierungsstrategien à la Blumenberg dozierte: »Also, erschöpfend kann man dieses Buch überhaupt nicht abhandeln.«

Er sah aus, als sei er bereits erschöpft: Worum es denn überhaupt gehe? (Er wirkte ernsthaft ratlos, und das wunderte mich nicht. Dass er den Namen *Kerouac* nicht richtig mitbekommen haben könnte, lag allerdings außerhalb meiner Vorstellungskraft.)

»Um die Inszenierung von Naivität« – er schaute mich von der Seite an –, »also, das ist mein Thema.« Ja, ich wisse gut, dass dieses Thema bald aus meinem Leben verschwinden werde, dass ich es erledigen müsse; ich wisse auch, dass meine ganze Aufregung übertrieben sei: denn was hätte ich schon zu befürchten (außer mein ganzes langes Studium im Nachhinein durch einen fehlenden Abschluss zu entwerten. Und vielleicht einen Herzinfarkt kurz vor der Deadline – aber dann bekäme ich sicher noch einmal Aufschub). Nein, ich wisse schon, dass mich als größtmögliche Katastrophe eine mittelmäßige Note erwarte. So quasselte ich und redete immer schneller und schneller. Schließlich schaltete er den CD-Player ein.

»Will they know me, know me, know me now-au-au-au-au«, gellte *The Nomi Song* aus den Lautsprechern, und ich musste erst einmal erklären, dass das nicht mein Auto war. Ich sichtete Vincents sonstige CDs im Handschuhfach: Pet Shop Boys, Sasha, Telemann.

»Telemann?«, fragte er.

»Und Händel.«

Er wechselte zum Radio. Und meine große kleine Zeitnot verblasste angesichts der Terroranschläge, von denen die Nachrichten berichteten. (Und ich wusste, wie ich mich an diese nächtliche Fahrt erinnern würde. Es war etwas passiert – woanders selbstverständlich, die wesentlichen Dinge passierten immer woanders; wir wissen genau, wo wir waren, als wir von Tschernobyl, von 9/11 oder dem Weihnachtstsunami erfahren haben: nie am Ort des Geschehens, sondern vor irgendeinem Medium.) Von mehreren Autobomben war die Rede, von Toten, Verletzten; Hotelangestellte und Touristen in Ägypten – und hier streifte die Weltgeschichte meinen privaten Horizont.

Das Auto geriet ins Schlingern, drehte sich zur Seite. Fast hätten wir die Leitplanke touchiert.

»Du denkst immer noch an sie!«, rutschte mir heraus (zu meiner eigenen Überraschung, denn so weit waren wir noch längst nicht). Die strenge Stimme des Navigationsgeräts – »Bitte wenden! Bei der nächsten Gelegenheit bitte wenden!« – erlöste uns von unserem Schreck. Er atmete tief und lenkte das Auto zurück in die Spur.

»Wo sie einmal zugeschlagen haben, ist es jetzt doch umso

sicherer«, versuchte er seine Betroffenheit zu zerreden (doch schon wenige Monate später sollte sich im selben Ort der nächste Anschlag ereignen; Melanie würde ihre Hochzeitsreisepläne aber ohnehin kurzfristig geändert haben und auch längerfristig nie wieder nach Ägypten reisen wollen).
Dann kam die Ausfahrt, und wir hatten unser Ziel erreicht (und es war definitiv zu spät, ihn noch nach seinem Namen zu fragen). Er stieg vor einem Reihenhaus am Stadtrand aus, wo sein gepackter Koffer und seine besorgten Großeltern auf ihn warteten (deren Terrorängste er so klein reden würde, dass er sie in sein Flugzeug mitnehmen konnte, ohne es zu bemerken; erst über dem Atlantik würden sie wieder wachsen, ihn quälen bis zur reibungslosen Landung).
Die Sonne ging bereits auf. Ich setzte mich ans Steuer und fuhr los, fragte mich nach wenigen Metern, ob ich den richtigen Gang eingelegt hatte; doch erst nach einem knappen Kilometer fiel mir auf, dass er für den kurzen Halt die Handbremse angezogen hatte.

Als ich eine Woche später um drei Uhr früh (ich war inzwischen wirklich am Arbeiten) eine Mail von einem »Jan« mit »Grüßen von *Unterwegs*« bekam, konnte ich den Namen nicht einordnen, obwohl ich ihn und seine Turnschuhe keineswegs vergessen hatte: ich war unsere Gespräche so oft durchgegangen, hatte versucht, im Nachhinein Details zu variieren, auszubessern, dass mir inzwischen mein gesamtes Gerede korrekturbedürftig vorkam; weshalb ich mich schließlich, endlich lieber auf den mühsamen Dialog mit Kerouac konzentrierte, bei dem Änderungen wenigstens bis zum Abgabedatum noch möglich waren (und zumindest Kerouac gegenüber brauchte mir ohnehin nichts peinlich zu sein; auch wenn seine Texte sich mehr und mehr aus ihrer Vergangenheit heraus direkt an mich zu richten schienen – eine Illusion, auf die ich

mich bedenkenlos einließ, solange sie mir die Arbeit erleichterte).
Ich nahm erfreut, (noch) nicht euphorisch zur Kenntnis, dass Jan sich meine Adresse besorgt hatte (ahnte allerdings bereits, dass unser beginnender Mailwechsel mich Arbeitszeit kosten und meine Konzentrationsfähigkeit kaum fördern würde). Er habe inzwischen Kerouac gelesen. (Später würde er genauer ausführen, dass er in der Flughafenbuchhandlung unter anderen Taschenbuchmängelexemplaren auf *On the Road* gestoßen sei und erst in diesem Moment begriffen habe, wovon ich überhaupt geredet hätte. Mehrere seiner Mitreisenden dagegen hätten ihn, wie er verkrampft mit seinem Buch in der Hand da saß, auf Anhieb so wissend angesehen, dass er sich am Ende des langen Flugs selbst wie das personifizierte Hippie-Nachzügler-Klischee vorgekommen sei.)
Ich suchte »Jan Müller« im Internet und fand zuviel, um irgendetwas über ihn zu erfahren (meinte mich nun aber zu erinnern, dass Melanie vor oder nach ihrer Zeit in England einen Jan erwähnt hatte, der mich damals so wenig interessierte, dass er schnell vergessen war). Erst recht nichts wusste ich von einer gewissen Tinka, die er in San Francisco eigentlich hatte treffen wollen (und von der auch später nur sehr beiläufig die Rede sein sollte), und nicht einmal, dass sein Großvater während Kerouacs Schreibrausch als ahnungsloser Zeitzeuge in der Nähe von New York die Schule besucht hatte.
Dennoch passte er bereits viel zu gut zu meinem Beziehungswahn rund um Kerouac (über den ich wahrscheinlich nie eine Zeile geschrieben hätte, wenn mir *On the Road* zum richtigen Zeitpunkt begegnet wäre. Als Sechzehnjährige in den USA zum Beispiel: da konnte mich so schnell nichts enttäuschen. Leider bekam ich das Buch erst Jahre später in die Hände, als ich mir von dieser Lektüre bereits zuviel versprochen und andererseits noch wenig Bereitschaft entwickelt hatte, mei-

ne Erwartungshaltung zu reflektieren. Doch letztlich konnte so genug Irritation entstehen, um etwas zum Abarbeiten zu haben. Und nun war es zu spät): längst sah ich Kerouac in jedem Autostopper, in jedem Betrunkenen am Straßenrand. Jeder Oldtimer, jede Eisdiele, jeder Gastronomie-Buddha erinnerten mich an Kerouac. Selbst die Theoriefragmente, die ich herbeizitierte, um die wuchernden Zusammenhänge ins Reich der reinen Intertextualität zu verbannen, ließen sich bei intensiverer Betrachtung mit genau den Aspekten von *On the Road* in Übereinstimmung bringen, die direkt auf den Text meines eigenen Lebens und Lesens und Schreibens zu verweisen schienen.

Und nun reiste dieser Jan mit dem Buch im Mietwagen quer durch die USA und aß Frozen Yogurt und Apfeldonuts, während ich schrieb und schrieb und schrieb und die durch keinerlei Seitenlayout unterbrochene Bahn meiner Datei wuchs und wuchs, als könnte ich den längst verstorbenen Meister im Marathontippen so einholen.

Du rührst dich nicht. Du wirst dich nicht rühren. Ein anderer, ein Doppelgänger, ein gespenstiges und gewissenhaftes Double macht, vielleicht, statt deiner die Gebärden, die du nicht mehr machst: er steht auf, rasiert sich, zieht sich an, geht weg. Du lässt ihn ins Treppenhaus springen, auf die Straßen laufen, im Flug den Autobus erwischen, zur festgesetzten Zeit atemlos, triumphierend an der Saaltür ankommen.

(Georges Perec, *Ein Mann der schläft*)

Das Archiv meldete sich wieder. Auf meiner Mailbox (ich hatte den Anruf am frühen Morgen verschlafen) fanden sich allerdings keine Terminvorschläge, sondern eine interne Information über Präsenzdienste im Lesesaal. Auf der Archiv-Website suchte ich den Namen der Anruferin und stieß dabei auch auf meinen eigenen: ich war bereits als Praktikantin angeführt (und zumindest im Cache würde ich das noch lange bleiben).

Ich rief zurück (und glaubte im ersten Moment, am anderen Ende der Leitung die Stimme meines zweiten Ichs zu hören, das dort wie vorgesehen sein Praktikum absolvierte). Immerhin hatte mich noch niemand bei der Arbeit erwartet. Ich handelte keinen neuen Termin aus, sondern begnügte mich damit klarzustellen, dass vorerst mit meiner Präsenz nicht zu rechnen sei. (Ich wusste bereits, dass ich dieses Praktikum absagen musste, aber ich wollte weder die Kapazität des Archivs, telefonische Mitteilungen zu verarbeiten, noch meine Entscheidungsfähigkeit überfordern.)

Mir war ohnehin alles zuviel. Die Hausverwaltung kündigte Bauarbeiten im Untergeschoss an und bat, die Kellerabteile leerzuräumen. Ich notierte den Termin sofort und hängte den Zettel über meinen Schreibtisch.

Auf einem anderen Zettel landete die Sorge um meine Großeltern. Treuherzig (und umso effektvoller dramatisierend) erzählten mir meine Eltern, dass sie eigentlich vorgehabt hätten, mir nichts vom Zustand meiner Großmutter zu erzählen, bis ich mit meiner Arbeit fertig sei; und so konnte ich nicht einmal die paar wichtigen Wochen, dies bisschen überzählige Zeit, das mir zugeschoben worden war, frei und leer von Leben halten; einen kostbaren Abend lang war ich unfähig, mich zu konzentrieren, ich hatte Angst um meine Großeltern – aber anschließend gleich wieder um meine Arbeit. Statt meine Großeltern zu besuchen, schaute ich nun jedesmal, wenn ich vom Computer aufblickte, einem Foto meiner Oma ins Gesicht, und meine Augen lasen so automatisch ihre Telefonnummer, dass mein Gehirn die Zahlen kaum registrierte. Schließlich wuchsen andere Zettel und Blätter darüber.
Ich schrieb. Regelmäßig erstellte ich Sicherheitskopien, vor jeder Überarbeitung. Nur so konnte ich kürzen. Alles, was ich streichen wollte, gerade das, was ich streichen wollte, musste ich sichern (auf einem bereits veralteten Speichermedium, in einem Textverarbeitungsformat, auf das ich wenige Jahre später nicht mehr würde zugreifen können). Sonst hätte ich mich von keinem Wort trennen können.
Das Archiv meldete sich nicht wieder, aber ich dachte häufiger noch an mein anderes Ich, das in einem Paralleluniversum Dokumente ausgab, katalogisierte und Rechercheaufträge entgegennahm. Ich hätte es auch gern zu meiner Großmutter geschickt. Und meinen Keller ausräumen lassen. Und mit Melanie telefonieren (Melanie, die ich lange nicht mehr sehen würde, bis sie auf einmal bei mir einziehen sollte mit ihren Kindern, auf Zeit). Die hatte mir eine Postkarte aus dem Sauerland geschickt (viel später würde sie mir erzählen, dass jemand auf ihrer Hochzeitsfeier zwei Straßenkarten vergessen habe; im Moment des ersten Schocks sei ihnen für die B-Ver-

sion ihrer Flitterwochen nichts anderes eingefallen als darin ein Zeichen zu sehen. Von Ägypten sollte ihr nur die Erinnerung an ihre Reisepläne bleiben und die Vorstellung eines ängstlichen Schattens ihrer selbst, der nervös durch sonnendurchflutete Gassen zum ruhigen, bewachten Strand huschen, sich nicht einmal am Hotelbüffet sicher fühlen würde; das konnte ihnen im Sauerland kaum passieren, und daran würde auch die Enttarnung der Terrorgruppe in Oberschledorn zwei Jahre später nichts ändern).

Die Wand hinter meinem Schreibtisch wucherte allmählich zu. Ich vergaß, Rechnungen zu bezahlen. Ich verpasste Filme und Konzerte. Und Merets langvorbereitete Theateraktion, lauter einmalige Momente einer leidlich gelobten Mitmachperformance. Ab und zu telefonierte ich noch mit Freunden, untersagte Vincent, mir zu unterstellen, dass ich in Wirklichkeit überhaupt nicht fertig werden wolle; bis ich auch das meinem zweiten Ich überließ. Einer anderen Doppelgängerin überließ ich den Haushalt und meine Rückengymnastik.

Die ersten Bewerbungsfristen verstrichen. Mochten andere meine Praktika absolvieren, meine Intensivsprachkurse absitzen, meine Postgrad-Stipendien antreten. Ich gab mir alle Mühe, stolz auf jeden Gedanken zu sein, den ich nicht an diese unmöglichen Möglichkeiten verschwendete.

Noch aß ich meine tägliche Portion Erbsensuppe, noch las und hörte ich Nachrichten, die tägliche Dosis Verwaltung, Katastrophen, Tod, Zerstörung, Sport und Wetter lenkte mich zuverlässig von meinen Formulierungsnöten ab und schrumpfte sie zurecht. Noch erlaubte ich mir Ruhepausen. Ich musste mich nur in Acht nehmen vor einem allzu entspannten, ganz anderen Ich, das die Neigung hatte, in jedem unbewachten Moment die kommenden Wochen zu überspringen und bereits ans Feiern zu denken – ja, ich würde ausruhen, ich würde

ausruhen; aber noch war es Zeit, mich anzustrengen und trotzdem täglich an meinem Plansoll zu verzweifeln.
Noch schrieb ich lange Mails in die USA, eine sorgfältiger formuliert als die andere, was ihnen möglichst nicht anzumerken sein sollte. Und noch verschwendete ich viel Zeit damit, auf Mails aus den USA zu warten. Wenn eine Nachricht eintraf, war sie alle Wartezeit wert, auch wenn Jan jedes Mal von neuem behauptete, nichts Besonderes erlebt zu haben (»wieder viel leere Landschaft gesehen – schon toll, keine Frage«). Aber er schrieb. Und ich schrieb ihm, was ich alles nicht schrieb: »Wahrscheinlich«, schrieb ich nach Amerika, »hätte Kerouac den quälend langen Arbeitsprozess an *On the Road* noch weiter ausgedehnt, wenn er geahnt hätte, dass er den kurzen Rest seines Lebens damit verbringen sollte, an diesem einen großen Erfolg zu scheitern. Aber Scheitern ohne Erfolg ist natürlich auch nicht das Wahre.«
»Und natürlich«, schrieb ich (auch wenn wir so weit noch nicht waren, aber irgendwie mussten wir uns doch in die Richtung bewegen), »ist *On the Road* auch eine Liebesgeschichte. Ohne hormonelle Zutat« (so schrieb ich) »hätte die Verklärung des Neal Cassidy nie funktioniert. Aber natürlich schreibe ich das nicht so in meiner Arbeit.«

Ich konzentrierte mich. Meine sprachlichen Monster gehorchten mir aufs Wort. Sie gruppierten sich zu ungestalten, aber durchdringbaren Zeichenhäufchen und verteidigten ihren Interpretationsanspruch, ohne wesentlich in sich zu wackeln.
Und dennoch reichte die Zeit nie aus. In einer Nacht (ich hatte vier Stunden lang an einer halben Seite gearbeitet, ich schwitzte, mir war übel vom vielen Kaffee) überkam mich der Wunsch, die Zeit aufzuhalten, sie zu packen, zu dehnen: mindestens fünf Bonustage in die Woche einzufügen; zwei leere Tage zwischen Dienstag und Mittwoch zu stopfen, einen zwi-

schen Mittwoch und Donnerstag und wieder zwei zwischen Donnerstag und Freitag. Danach konnte ein langes Wochenende beginnen. Einen Moment lang war ich überzeugt, dass das möglich sei, möglich sein müsste.

Drei Jahre zuvor hatte ich bei einer Musiktheaterproduktion hospitiert: zwei Monate, in denen ich vergaß, dass die Universität weiterhin gegenüber dem Opernhaus lag und keineswegs in ein anderes Universum verzogen war. Meine Tage verbrachte ich im Theater, erst in der Nacht hörte ich meinen Anrufbeantworter ab, las Nachrichten und suchte im immer leereren Kühlschrank nach Nahrung, am nächsten Morgen hastete ich gleich wieder zu den Proben. Mit Fabian kommunizierte ich schriftlich, nur am Wochenende sahen wir uns, gelegentlich; weil alles in diesem Opernhaus so konkurrenzlos wichtig war, dabei war ich bloß als Ersatz für Meret, die den Praktikumsplatz zugunsten eines Schauspielworkshops aufgegeben hatte, dort gelandet. Ich hatte ebenfalls keine Zeit, bereits damals wollte ich endlich mit meiner Magisterarbeit beginnen, steckte allerdings noch in zwei Jobs und einem *Kulturkomparserie-Projekt* genannten Job ohne Entlohnung – es war ohnehin schon zuviel für eine Person, auf etwas Stress mehr oder weniger kam es nicht an (dachte ich), daher ließ ich mich darauf ein. Und die Falle schnappte zu. (Immerhin half mir dieses Praktikum, aus dem *Projekt* auszusteigen; leider aber auch den attraktiveren meiner beiden Jobs zu verlieren.) Meine Arbeit bestand darin, den Probenablauf zu protokollieren, Schrittfolgen und Positionen zu notieren, dem Regieassistenten bei der Kommunikation mit A- und B-Besetzung zu helfen, ständig in Bereitschaft zu sein, falls irgendetwas (oft am übernächsten Tag schon Obsoletes) zu besorgen, zu besprechen, nachzutragen, aufzuarbeiten wäre; die meiste Zeit verbrachte ich also damit, schlicht dazuzugehören und an der Wichtigkeit

unseres Unternehmens zu partizipieren. Bis zur Erschöpfung. Ich war zuvor täglich an diesem Opernhaus vorbeigekommen, ich wohnte nah genug, dass bei warmem Wetter die Stimmen aus den Proberäumen durch mein Fenster wehten; doch ich hatte nicht geahnt, dass hier der Mittelpunkt einer wunderbaren Welt war. Ich begegnete freundlichen Nischenstars, die in gemusterten Pullovern und Jeans oder halblangen Röcken pünktlich zur Probe erschienen, sich in virtuosem Wechsel auf Englisch und Deutsch und in mehreren anderen Sprachen verständigten und in Garderobe und Kantine mal mehr über den Dirigenten, mal mehr über den Regisseur schimpften.
Vor dessen Extravaganzen war ich von Anfang an gewarnt worden, und die Warnungen ließen während der gesamten Zeit nicht nach. Tatsächlich probte dieser Rhythmusfanatiker (der seine Zeit immerhin gehabt hatte und seine internationale Karriere nun an mittelgroßen deutschsprachigen Bühnen ausklingen ließ) besessen auf das ideale Timing selbst der kleinsten Bewegung hin. Dass er dabei nur seinem eigenen Präzisionsmetronom vertraue und sich zwangsläufig mit jedem Dirigenten anlege, hörte ich in der Kantine noch, als sich bereits ein lockererer Probenstil eingeschlichen und der Generalmusikdirektor längst seinen Weg gefunden hatte, alle Tempovorgaben respektvoll zu ignorieren. Von der Premiere an war ohnehin er wieder an der Macht, und der Perfektionismus der Choreographie würde sich spätestens ab der fünften Aufführung von selbst verschleifen.
Seinen Ruf als Leuteschinder hatte der Regisseur allerdings nicht zu Unrecht. Mitten während einer der ersten Bühnenproben, an einem Abend zwei Wochen vor der Premiere, gefiel ihm seine Arbeit noch so wenig, dass er mehr Zeit verlangte. Der Chefdramaturg hastete kopfschüttelnd aus seiner Loge und kehrte mit der Intendantin zurück. Die zeigte ihr entspanntestes Lächeln. Geduldig warteten die beiden, bis der

Regisseur die Probe unterbrach, um mit ihnen in einem Nebenraum zu verschwinden. Noch bevor die Sänger, der Korrepetitor, der Inspizient, die Assistenten und Techniker, die Requisiteurinnen, die Souffleuse und die Hospitantinnen sich darüber klar werden konnten, wie die unverhoffte Pause zu nutzen wäre, kehrten Theaterleitung und Regie einträchtig aus der Krisensitzung zurück. Auch die Intendantin nahm nun im Parkett Platz und lächelte erwartungsfroh in Richtung Bühne, der Regisseur nickte zufrieden; doch auf einmal fiel ihm ein, dass seine Terminplanung die frisch vereinbarte Premierenverschiebung gar nicht zuließ.

»Tja, dann –«, die Intendantin hob die Hände.

Aber der Regisseur wollte sich die ausgehandelte Extrazeit nicht wieder nehmen lassen. Statt weiterzudiskutieren, wandte er sich der Bühne zu und ließ in aller Ruhe die Szene wiederholen, Bewegung für Bewegung, Schritt für Schritt, langsam voran und wieder zurück und noch einmal von vorn und noch einmal und so weiter viermal, fünfmal, sechsmal durch die nächste Szene, immer tiefer in die Nacht. Die Sänger bemühten sich, strengten sich von Wiederholung zu Wiederholung mehr an, um endlich nach Hause zu dürfen; doch diese Rechnung ging nicht auf. Einige versuchten es mit Arbeitsverweigerung und begannen, nicht nur den Gesang zu markieren, auch die Bewegungen bloß anzudeuten. Der Regisseur runzelte die Stirn, hob die Arme – aber, nein, kein Ende, sondern eine weitere Wiederholung. Die Sänger stöhnten, nun offen unwillig.

Lächelnd bat die Intendantin um eine Pause. Der Regisseur lächelte zurück.

Ihr Lächeln wurde strenger, verlor allmählich jede Gemütlichkeit. Schließlich stand sie auf, wandte sich an der Regie vorbei an die Techniker und Sänger und erklärte die Probe für beendet.

Der Regisseur blieb sitzen und tat so, als habe er nichts gehört,

redete auf seinen Assistenten ein, der sich nur einmal hilflos aufzublicken traute, wiederholte dann seine Anweisungen an die Sänger. Solange Arbeitslicht lag über Bühne und Zuschauerraum, gab es für ihn keine Mitternacht.
Die Sänger zögerten. Der Korrepetitor am Klavier hob die Hände, hielt sie über den Tasten in der Luft, sah von Regie zu Theaterleitung. Die Intendantin schüttelte den Kopf. Doch so leicht ließen die Finger sich nicht zurückziehen, sie waren den Tasten bereits zu nahe gekommen. Ein Akkord, schnell abgebrochen – und der Regisseur explodierte. Er sah die Intendantin nicht an, ganz allgemein schimpfte er gegen den deutschen Glauben an die Uhr, diese Pedanterie, die alles einenge, verunmögliche, zerstöre, am Ende auch sich selbst; er dagegen mache THEATER – und wieder wandte er sich der Bühne zu und ordnete an fortzufahren, nicht aufzuhören, weiterzumachen, gegen die Zeit zu proben, als ließe sie sich aufhalten, als ließe diese eine Nacht sich unendlich verlängern, solange er nur weiterprobte, ohne Unterbrechung weiter, immer weiterprobte: *und noch einmal von vorn!*
Ich hatte seit vielen Stunden nichts mehr gegessen und rutschte vor Müdigkeit allmählich vom Sitz. Trotzdem imponierte mir seine Entschlossenheit in diesem aussichtslosen Kampf, sein Vertrauen in die eigene Willenskraft und die Dreistigkeit seiner Argumentation. Und ich war fassungslos, wie bald er am Ende doch aufgab (tatsächlich verging in Deutschland die Zeit zu schnell, Tag für Tag, und niemand lehnte sich auf).
Die fehlende Probenzeit war der Produktion schließlich kaum anzumerken. Vor der Premiere umarmte ich die Sänger mit ihren sperrigen Kostümen und dem groben Make-up auf den Gesichtern, kurz darauf sah ich sie auf der Bühne stehen. Ich saß, wie bei so vielen Proben, unten im Publikum. Inzwischen kannte ich jeden Ton, jeden Schritt, ich bemerkte jeden Fehler und sah den nächsten kommen, aber das Orchester trug dick

auf, die Stimmen legten sich darüber, hoben sich ab, mit aller Kraft, und auch wenn ich das alles schon so oft gehört und gesehen hatte, auch wenn ich wusste, wer dort unter der Schminke nach wie häufiger Wiederholung gegen wieviel innere Widerstände auf der geforderten Position stand, punktgenau die geprobten Gesten ablieferte, packten mich die Töne, ein warmer stabiler Sog, ich fühlte mich gehoben, gefangen, getragen vom Gesang, von der Musik, und mit einem Mal spürte ich wie nie zuvor die Spannungen zwischen den Figuren, die sorgsam ausgemessenen Distanzen zwischen ihren Bühnenpositionen, die kleinen Verzögerungen in ihren Bewegungsabläufen, bewusst asynchron zur Musik, waren angefüllt mit all dem Unausgesprochenen einer Geschichte, die mich mitriss, als hörte, als sähe ich sie zum ersten Mal, obwohl ich die Tricks doch alle kannte oder gerade deswegen und vielleicht auch nur, weil ich nicht mehr mitzuschreiben brauchte. Ich fiel ein in den großen Beifall (mit dem ich auch mir, meinen zwei verschenkten Monaten, selbst applaudierte, voller Begeisterung).
Nach wenigen Wochen hatte ich vergessen, dass ich den Rest meines Lebens dem Opernbetrieb hatte weihen wollen; keiner meiner Bezugspersonen aus dieser Zeit begegnete ich jemals wieder, obwohl das Theater so nah war; der Bühneneingang lag doch gut versteckt. Nur an den einen Ausfall des Regisseurs, die Entschiedenheit, mit der er Aushilfszeit gefordert, mit der er versucht hatte, weitere Probenstunden, wenn nicht -tage, in diese eine Nacht zu schieben, zu schummeln, dachte ich häufiger noch; diese Szene hatte mich mehr beeindruckt als seine anekdotischen Erinnerungen an Bill Burroughs (mit denen sich einer dieser Zufallskreise in meinem Leben schließt, die doch immer offen bleiben).

Es gab keine Extrazeit für mich. Kein Zweit-Ich, das weitergeschrieben hätte, während ich schlief. Stattdessen musste ich darauf achten, dass meine Neben-Ichs sich möglichst wenig regten, mich nicht ablenkten, sicher verstaut blieben in alten Arbeitsproben, Zeugnissen und Programmheften, ich konnte mich nicht um sie alle kümmern; schließlich hatte ich mich einmal gegen sie entschieden (und im Lauf der Zeit würden sie mich auch immer seltener verfolgen, mit halb so wilder Wehmut).

Still und zuverlässig arbeitete immerhin die Doppelgängerin, der ich die Verantwortung über meine aktuellen Termine übertragen hatte. Die Zettel über meinem Schreibtisch vermehrten sich wie von selbst. Ich registrierte nicht mehr, was ich alles versäumte. Nur der Keller ließ mir keine Ruhe. In Gedanken räumte ich alle Kisten nach oben, stapelte sie zwischen Bett und Schreibtisch mindestens bis zur Decke, begann auszusortieren, mietete schließlich einen Lieferwagen und fuhr zunächst zu meinen Eltern, danach gleich zu meinen Großeltern, verschwendete auch dort noch einen halben Tag – und dachte nicht weiter. Einmal schreckte ich mitten in der Nacht von der Arbeit hoch und rannte hinunter. Dort sah es aus wie immer. Das Licht schien nackt im Mittelgang, viel unberührter Staub, das Dunkel verkrochen in Ecken und Winkel, nein, nur meine Schritte, sonst nichts.

Ich kehrte nicht gleich an meinen Text zurück. Draußen wehte leichter Wind, ich lief durch die stillen Straßen (nur meine Schritte), aus einer Kneipe drangen noch Stimmen, ab und zu fuhr ein Taxi. Die Anzeigetafel einer Apotheke zeigte zwei Uhr. Ich drehte um, mein Computer wartete zu Hause, mein Bett. Langsam ging ich durch die schlafende Stadt, hier und da noch Licht in einem Fenster, Bildschirmgeflacker, ich musste zurück, aber meine Beine ließen sich Zeit, die Luft kühlte meinen Kopf, sehr langsam wuchs mein Schatten nach jeder neuen Straßenlaterne.

Der Uhrenwürfel über der verlassenen Straßenbahnkreuzung

zeigte zehn nach vier. Ich erschrak; so langsam konnte ich kaum gelaufen sein. Doch dann sah ich die nächste Seite des Würfels: dieses Zifferblatt zeigte drei vor zwölf. Ich rannte, mitten auf der leeren Straße, rund um den Uhrenmast und sah mir alle vier Zeiten an, bis ich ein Fahrzeug kommen hörte. Zu Hause beschloss ich, häufiger Nachtspaziergänge zu machen – wusste aber schon, dass sie doch nur auf einem Zettel über meinem Schreibtisch stattfinden würden. Am nächsten Morgen schlief ich aus. Zum letzten Mal für Wochen.

Während meine Zeit verging, fand Jan immer häufiger Gelegenheit zu schreiben. Und ich ließ es mir (noch) nicht nehmen, auf seine Post zu warten. Sonst gönnte ich mir keine Ablenkung mehr; und so freute ich mich auf jedes neue Warten. Immer wieder rechnete ich die Zeitdifferenz zwischen den USA und Europa aus, um gezielter warten zu können, registrierte Jans bevorzugte Schreibzeiten, verfolgte seine Reiseroute (ohne je zu kommentieren, wie offensichtlich er sich von *On the Road* leiten ließ), stellte Mutmaßungen über die Internetanbindung seiner Unterkünfte an – und wartete trotzdem drauflos, wann immer mir danach war. Mit dem Antworten ließ ich mir dagegen von Mal zu Mal mehr Zeit. Jan schien das persönlich zu nehmen und entschuldigte sich dafür, nicht Kerouac zu sein. (In derselben Mail beklagte er sich – bei mir, ausgerechnet bei mir; aber schließlich waren wir noch nicht so weit –, dass ihm der Mut fehle, Brücken abzubrechen, alles hinter sich zu lassen, mit dem richtigen Leben anzufangen; und das blieb gespeichert in meinem Posteingang, wo ich viel zu lange und viel zu oft noch darauf zurückgreifen würde können. Vorläufig beschäftigte mich das allerdings kaum.) Ich schrieb zurück, dass ich von Kerouac keine Emails erwarten würde (was nicht ganz der Wahrheit entsprach, denn in manchen Momenten hätte mich der Name in meinem Posteingang nicht überrascht). Ich

schickte diese Nachricht gegen vier Uhr früh weg, was auch ihn zum Rechnen brachte, denn als nächstes fragte er: »Wann schläfst du eigentlich?«
Ich mailte pathetisch zurück: »I wasted time and now doth time waste me.«
Und Jan wünschte gutes *Kickwriting*, ich dankte. Danach ließ er nichts mehr von sich hören. (Und lange Zeit würde ich Kerouac dafür verantwortlich machen. Und ein bisschen sogar Shakespeare.)

Am nächsten Tag kreiste ein zypriotisches Flugzeug stundenlang über Griechenland. Nach Problemen mit dem Druckausgleich drehte die Maschine per Autopilot eine Warteschleife nach der anderen, bis der Treibstoff verbraucht war. Es war abzusehen, dass sie abstürzen würde. Aber von außen konnte niemand helfen (und niemand würde hinterher mit Gewissheit sagen können, wie bewusstlos Besatzung und Fluggäste tatsächlich gewesen waren). Ich beschloss, keine Nachrichten mehr zu hören (und erinnere mich deshalb noch an diese eine, sie hat ihren Platz in meiner Privatchronologie, es war achtzehn Tage vor meinem Abgabetermin).
Ich schwitzte Tag und Nacht, hätte aber kaum sagen können, ob noch Sommer war (lang kam mir kein Abend mehr vor, jeden Tag wurde es viel zu früh dunkel). Meine Lippen trockneten aus, immer wieder musste ich nachfetten. An meine Rückenschmerzen hatte ich mich gewöhnt. Nur wenn auch die Schultern sich versteiften und der Hals sich zu eng zum Schlucken anfühlte, legte ich kurze Pausen ein. Von Zeit zu Zeit blendete mein Computer eine »Leistungswarnung« ein. Mir war zwar klar, dass das nichts mit meiner Schreibgeschwindigkeit, sondern mit Programmen zu tun hatte, die im Hintergrund schneller arbeiteten als jedes menschliche Wesen; aber jetzt war nicht der Moment, die Festplatte aufzuräumen.

Immer häufiger speicherte ich meinen Text. Ich musste mich entscheiden, Wort für Wort. Je weniger Zeit für Zweifel ich hatte, desto leichter sortierte sich mein Material. Allmählich schienen die Wörter selbst zu wissen, wohin sie wollten. Meine sprachlichen Monster plusterten sich auf und ordneten ihr Gefolge an, sobald ich nur einen Finger auf die Tastatur setzte. Immerhin bildeten sie vor meinen staunenden Augen plausible Gedankengänge (auch wenn, ab und zu, vor denselben, ebenso staunenden Augen jede Nachvollziehbarkeit aus denselben Zeichenansammlungen wieder verschwunden schien). In dieser Phase machte ich mir nur noch Gedanken um wissenschaftliche Standards, um eine angemessene Zitatdichte, um nachzutragende Literaturhinweise; doch all das hielt mir Kerouac nicht vom Leib. Ich träumte von Lucien Carrs Verhaftung und bekam große, wenn auch vage Angst, in irgendetwas verwickelt zu sein (und auf alle Fälle zuviel zu wissen). William S. Burroughs, seinen kleinen Sohn eine Gewehrlänge neben sich entfernt, erklärte mir, dass er als alter Mann noch fotogener würde. Und ich traf Kerouac (für einen Mann, den ich schon lange zu kennen meinte, war er unerwartet attraktiv), er reichte mir die Hand, um unseren *autobiographischen Pakt* zu kündigen, und ich wunderte mich nur, dass er so gut deutsch sprach.

Jan meldete sich nicht, und ich war gerührt und verletzt durch soviel Rücksicht. Ich bedauerte, niemanden mehr zu haben, dem ich schreiben konnte, was nicht in meine Arbeit passte: dass Kerouac seine große Papierrolle und ihre Entstehung, die drei Wochen Arbeitsrausch, diesen befreienden Krampf (der doch nur den nächsten Krampf einleiten sollte), für ein ebenso großes Kunstwerk gehalten haben dürfte wie den Text von *On the Road*. Weil ich diese Idee nicht einfach nach Amerika schicken konnte, musste ich (ich selbst, kein hilfreiches

Double) in die Bibliothek rennen (ja, es war Sommer, ich sah Vincent in kurzen Hosen, Veronique im leichten Hängekleidchen), um Literatur zum Thema *Schreibakt als Werk* (die ich doch nicht mehr würde einarbeiten können) nach Hause zu schleppen.
Was Jan mir in dieser Zeit nicht schrieb, interessierte mich weniger, obwohl ich weiterhin regelmäßig in meinen Posteingang schaute. Aber das war nur noch Gewohnheit, ich wusste, dass es mit dem Warten vorbei war.

Während die Zeit ablief, während ich immer weniger schlief, während ich mich nur noch von Kaffee und Lippenpflegestiftpartikeln ernährte (das Essen und insgesamt vier Kilo von mir übernahm derweil ein Phantom, das ich erst bemerken sollte, als es nach getaner Arbeit zurück zu mir drängte), während meine Großmutter doch nicht starb (der Schlaganfall, der sich mit ihren Schwächeanfällen und Verwirrungszuständen angekündigt hatte, würde noch Jahre auf sich warten lassen), während ich nicht mitbekam, wie ein Sturm von den Bahamas zum Golf von Mexiko zog, dessen Route und Gefährlichkeit sich in der Vorhersage fast stündlich auf allen Nachrichtenkanälen in Echtzeit änderten, wuchs meine Arbeit und wuchs und schrumpfte wieder moderat. Als lauter Krach das Haus zu erschüttern anfing, jeder Tag mit Bohren und Hämmern begann, griff ich zu Ohrstöpseln. Und doch krochen Schläge, Vibrationen durch Fußboden und Schreibtischstuhl in meine Glieder; was mein müder Körper aber nur als stimmige Ausweitung der pulsierenden Gleichzeitigkeit von Konzentration und Erschöpfung registrierte. Und erst nach Tagen wurde mir klar, dass die Bauarbeiten im Keller begonnen hatten; es hatte nichts geholfen, nicht mehr daran zu denken.

Von Jan kein Wort (zumindest keins, das mich erreichte), auch nachdem ich ihm meine (von einem optimistischen anderen Ich viel zu oft vorformulierte und daher immer noch unwirklich klingende) Erfolgsmeldung geschickt hatte: Meine Magisterarbeit war abgeschlossen und ab dem zwölften Triumphtelefonat glaubte ich mir allmählich selbst, dass ich sie tatsächlich abgegeben hatte, auch wenn ich mich nur an ein bleiches Double auf dem Prüfungsamt erinnern konnte, das die richtige Tür erst im dritten Versuch gefunden hatte; während ein anderes, noch blasseres Ich weiterhin an meinem Computer saß und mit seinen Monstern kämpfte und auch die letzte Frist überzog, im Vertrauen auf eine allerletzte, aber entscheidende Nachspielzeit.
Um alle Geister zu vertreiben, tanzte ich, erschöpft und leicht, zwei Stunden lang zu *Hit the road, Jack (and don't you come back)* durch meine Wohnung. Ich war glücklich, mich nie wieder mit Kerouac beschäftigen zu müssen (und wusste nicht, wie froh ich sein würde, als sich schließlich doch noch einmal die Gelegenheit ergeben würde; auch wenn das am Ende wieder in Stress und Zeitnot ausarten würde).
Dann ging ich in den Keller.

Alles war weg. Es gab nicht einmal mehr einen Mittelgang, nur eine leere Fläche mit ebenem sauberen Fußboden und einigen wenigen Mauern, die halb in den Raum hineinragten. Und ich (und niemand sonst) stand in diesem großen Keller (in dem endlich genug Platz für alle Fahrräder war und nach der nächsten Umbauphase auch für neue, verkleinerte Kellerabteile) und wartete darauf, dass ich zu heulen begann. Später würde ich eine Liste erstellen (die mir kein Stück wiederbringen würde) von all den Dingen, die ich in diesem Keller gelagert hatte (Zeitschriften, Schachteln voller Fotos und Negative, auch die Strecke, mit der ich mich einmal bei mehreren

Kunstakademien beworben hatte, und das Bildmaterial für die *Aktion Antirelevanz*, eine Zeitschrift, die ich mit Fabian, Vincent, Nike, Sascha, Anna, Gabriella (die allerdings nach der zweiten Redaktionssitzung bereits ausgestiegen war) und Simone (mit der Fabian und ich uns so gründlich zerstritten, dass mich ihre spätere Karriere bei einer sehr großen Zeitung auch nach Jahren noch wundern und wurmen würde) hatte gründen wollen und deren (nicht nur peinliche) Nullnummer nie fertig geworden war. Kopien und andere Unterlagen für das *Kulturkomparserie*-Projekt, Kisten voller Disketten und Vorlesungsmitschriften aus den ersten Semestern, *Simplify your life*-Literatur, die ich nicht in meinem Bücherregal präsentieren wollte, Kinderzeichnungen von meinem ersten und letzten Schulpraktikum, Premierengeschenke von meiner Hospitanz. Meine Langlaufski, defekte Inline-Skates, schlecht reparierte Tennisschläger. Der alte Seidenmalerei-Rahmen, Pinsel und viel vertrocknete Farbe. Ein kleiner Karton mit Infomaterial von *Attac*. Mehrere Besen und Eimer, zwei kaputte Stühle. Ein Paar Krücken und mein letzter Gips. Zwei Säcke voll Kleidung, die irgendwann schon wieder zur Mode gepasst hätte. Fabians DDR-Flagge. Und Schallplatten, alle alten Schallplatten meiner Eltern, die endgültig auf CDs umgestiegen waren, während ich mir doch wieder einen Plattenspieler hatte kaufen wollen). Das alles (und das, woran ich mich nicht erinnerte) war verloren. Und ich hätte es retten können, wenn ich nur daran gedacht hätte, im richtigen Moment. Ich vermisste selbst das, was ich längst hatte wegschmeißen wollen, ich vermisste die Entscheidungskrisen beim Sortieren, die Ratlosigkeit angesichts von Kleinteilen, die nicht zuzuordnen, aber möglicherweise wichtig waren, die Mühe beim Ausräumen, die Transportprobleme, ich vermisste den Müll, den Dreck in den Ecken, jedes einzelne Körnchen Staub, um das ich mich nicht mehr kümmern musste.

Da erst begriff ich, dass ich es geschafft hatte. So, genau so, musste sich ein Sieg über sich selbst anfühlen.

Jetzt war Zeit, meine Verwandtschaft zu besuchen, Melanie anzurufen, mich mit Meret zu treffen, mit Anna über Aufbaustudiengänge und Zusatzqualifikationen zu reden und mit Gabriella über Praktika, die Zettelschichten über meinem Schreibtisch abzuarbeiten. Jetzt war Zeit für Bewerbungen und Zukunftspläne und für Erinnerungen (nicht an meine Wortmonster, Textzweifel im Nachhinein verbot ich mir; mit wechselndem Erfolg). Jetzt war Zeit zu schlafen, zu essen, zu putzen, aufzuräumen, jetzt war Zeit, Nachrichten zu sehen, mich im Internet zu verlieren, schwimmen zu gehen, ins Theater, zu Konzerten zu gehen, jetzt wäre die Zeit gewesen, mich wieder im Archiv zu melden (und allmählich begann ich zu ahnen, wie sehr ich mich über den Zeitdruck vor den mündlichen Prüfungen noch freuen würde).
Und Jan hätte mir wieder schreiben können (denn es war doch nur sein zweites Ich, das nicht herauskam aus dem überfluteten New Orleans – während ich nicht einmal ahnte, dass seine Realversion schon wieder auf dem Weg nach Hause war).

aber greifen wir nicht vor
(Samuel Beckett, *Warten auf Godot*)

Wenn ich mich recht erinnere, hatte ich als Kind keinerlei Zweifel daran, dass meine Eltern zu dem einen Zweck zusammengekommen waren, mich zu zeugen. Das verlieh ihren Erzählungen über erste Begegnung, trennende Missverständnisse (ein Hut, ein Stock, ein Regenschirm) und rettende Zufälle (ein Hut, ein Stock, ein Regenschirm) trotz unvermeidlichen Happy Ends die Spannung. Jedesmal von neuem. Das war die Erzählung, die ich als Kind am meisten liebte. Und sie hatte Bestand; gerade dadurch, dass meine Eltern sie mir in der Pubertät (als sie mir in der Rolle junger Liebender mit all ihren Verwirrungen, Unsicherheiten, Verletzlichkeiten näher gerückt wären und sich gleichzeitig doch entfernten) nicht weiter erzählten. (Ohne jedes Kalkül: viel später waren sie überrascht, dass ich diese Geschichte – bis auf unvermeidliche Lücken – überhaupt kannte; auch wenn ich nie erfahren sollte, wieviel ich wirklich wusste. Denn statt sie ihre reifere Version erzählen zu lassen, ließ ich sie dieses Mal nicht ausreden.) So blieb ich im Zentrum meiner Geschichte; einer Geschichte, in der es um alles ging: um die richtigen Personen, die in dem einen passenden Moment ihre Keimzellen aufeinander loslassen mussten.

Nicht dass ich die Bedeutung meiner genetischen Grundausstattung überschätzen und mit einigen ihrer Manifestationen nicht auch hadern würde, doch die Tatsache, dass nicht jemand anders an meiner Stelle ich sagt, beschäftigt mich seit meiner Kindergartenzeit; und als mir der Biologieunterricht nach viel Erbsenzählerei unsichere Buchstaben formende Chromosomen vor Augen führte und ihnen eine unvorstellbare Anzahl an Variations- und Kombinationsmöglichkeiten zurechnete, hat sich diese Faszination nur verstärkt (meine Eltern dagegen hatten Genetik auf der einen Seite nur in vagen, sich selbst so weit wie möglich wieder zurücknehmenden Andeutungen, auf der anderen Seite als rassistisch grundierten Alarm vor »Erbkrankheiten« kennengelernt. Auch die Lehrer hatten ihre Perspektiven und ihren eigenen Umgang mit der Vergangenheit. Zur Zeit meiner Zeugung galten dann ohnehin nur Umfeld und Erfahrung als prägend; was sich ändern sollte).

Ich wusste nicht, dass es um ein Kind ging, während ich vor meinem Computer schwitzte und Jan mir nicht mehr schrieb. Ich dachte an überhaupt kein Kind (auch wenn mich während der besonders anstrengenden letzten Tage zuweilen eine Art schöpferisches Geburtspathos überkam; wie irreführend dieser Vergleich war, würde ich noch zu spüren bekommen). Selbst als Melanie und Oliver mir Ende des Jahres Fotos ihrer neugeborenen Zwillinge schickten, war das nichts als eine Nachricht aus einer ganz anderen Welt, die mich zu einem Ausflug in die ebenso ferne süße Hölle der Spielwarenhandlungen zwang; die Plüschtiere auf unseren Sofas, an unseren Rucksäcken und Schlüsselbunden kauften wir Erwachsenen in Geschenkläden und Möbelhäusern.

Zum ersten Mal würde ich an ein Kind denken, als Jan und ich uns gemeinsam verliefen. Wir waren zu spät aufgebrochen, hatten erst am Nachmittag beschlossen, einen Hügel in der Nähe unseres Ferienhäuschens zu besteigen, der sich während unserer Wanderung zunächst weiter zu entfernen, dann immer höher zu werden schien. Als wir den Gipfel endlich erreicht hatten, begann die Sonne zu sinken. Rund um uns nichts als steiniger Boden, Büsche, Gestrüpp. Die Insel, auf der wir diesen Urlaub verbrachten, war übersichtlich; es gab einige verstreute Siedlungen, wenige Straßen, die nächste verlief weit entfernt. Wir hatten keine Taschenlampe, nur Wasserflaschen und Regenjacken (und selbstverständlich Handys, Fotoapparate, Ersatzspeicherkarten) in unseren Rucksäcken. Steile Abhänge drohten nirgends, sanft symmetrisch fiel der vulkanisch geformte Hügel ab, war aber unwegsam genug, um uns in der Dunkelheit ausgleiten, fallen, rutschen zu lassen. Wir bereiteten uns in Gedanken auf eine Nacht im Freien vor, ich fror bereits, obwohl es nicht kühl war, vermisste Zahnbürste, Decke und Zelt und ärgerte mich gleichzeitig darüber, jede Unbequemlichkeit, die doch ihren Reiz oder zumindest ihren Erlebniswert haben konnte, so schlecht zu ertragen (und das sogar bevor sie eingetreten war). Noch mehr ärgerte ich mich, als wir zu streiten begannen, einander für den unüberlegten Spaziergang verantwortlich machten.

Doch auf einmal war dieses Kind da, dem ich Jahre später gern die (wenig kindgerechte) Geschichte seiner ungeplanten Zeugung in einer strapaziösen, aber einzigartigen Nacht unter freiem Himmel erzählt hätte. Allerdings sollte nicht einmal Jan etwas von dieser spontanen Idee erfahren: Wir hatten uns zu früh gefürchtet, die Sonne ließ sich Zeit, während wir den Hang hinunterhetzten; auf halber Höhe kläfften Hunde hinter einem Zaun. Die Reste eines sehr bunten Sonnenuntergangs lagen über der nur mehr einfarbigen Landschaft, als wir die Straße mit ihren Laternen erreichten.

Hinterher, im Bett, weich, sicher, warm, dachte ich an kein Kind mehr. Es verdiente ohnehin eine bessere Geschichte als die eines fast missglückten Spaziergangs, auf dem es Blitzableiter hätte spielen müssen zwischen seinen Eltern. (Wir würden erst aufhören zu verhüten, als ich – aller Verhütung zum Trotz und ohne spezifischen Verdachtsmoment – im Internet nach Frühschwangerschaftsanzeichen suchen und daran merken würde, wie groß der Kinderwunsch geworden war.)

Aber das lag in weiter Ferne, noch war Herbst, noch war ich damit beschäftigt, meine Kerouac-Materialien oben auf dem Bücherregal zu stapeln (im Keller wollte ich – vorerst – nichts mehr lagern). Noch vertrieb ich mir die Zeit damit, die neuesten Meldungen der vergangenen Wochen zu lesen. Dass ich den Hurrikan Katrina verpasst hatte, eine richtige Katastrophe, erschütterte mich. Doch obwohl die Zahl der Opfer, das ganze Ausmaß der Schäden, Fehleinschätzungen und Versäumnisse noch gar nicht erfasst waren, hatten diese Nachrichten bereits an Brisanz verloren, der Wind hatte sich gelegt. Nach vielen Kommentaren und Hintergrundberichten blieb nichts als dumpfe Fassungslosigkeit, die erst allmählich abgelöst wurde durch ein seltsames Behagen, auch dieses Desaster irgendwie der Bush-Administration zur Last legen zu können. An Jan dachte ich dabei nicht.

Noch war Herbst, ich rief meine Großeltern an (beim Eintippen kam mir die Telefonnummer seltsam vor, als wäre sie ein wenig zu Kerouacs Nummer geworden: ungewohnt zu wählen und doch vertraut). Meine Großmutter hatte die Orientierung wiedergefunden und wirkte munterer denn je, als sei nichts gewesen. Ich war so erleichtert, dass mein schlechtes Gewissen irritiert nach Luft schnappte und nach anderen Schuldigen zu suchen begann; ich meiner Verwandtschaft also die Sorgen, mit denen ich mich überflüssigerweise gequält hatte, zur Last legte, und erst Wochen später hinfuhr.
Etwas blass sah meine Großmutter dann doch aus. Zuweilen schien sie unsicher, ob sie unter ihren drei kurzärmligen Oberbekleidungsschichten nicht fror. Sie strahlte mich, unterbrochen von nur sehr kurzen Erholungspausen, an und ließ meinen Großvater reden; mit viel Nachdruck erkundigte er sich nach meinem Befinden, nach dem Rücken: in meinem Alter *brauchte ich den ja noch*; aber seit ich nicht mehr Tag

und Nacht am Computer saß, waren Schmerzen für mich kein Thema mehr. Meine Großeltern allerdings ließen sich ihre Besorgnis so leicht nicht ausreden, was noch deplazierter wirkte als die Aufmerksamkeitsattacken meiner Eltern zehn Tage zuvor (die eigentlich von mir Hilfe mit ihrem neuen DVD-Player erhofft hatten, obwohl mich bereits die Schaltung ihrer bisherigen Empfangs-, Aufnahme- und Abspielgeräte überforderte); und dadurch schon wieder rührend: nach so vielen Jahrzehnten konnten sie nicht mehr anders als fürsorglich (oder wollten nicht anders können; schließlich war gerade ihr Umzug in eine *Betreute Wohnanlage* eingeleitet).
Es gab mein Lieblingsessen aus der Phase, als ich zweimal im Jahr je eine Woche bei Oma und Opa verbracht hatte, weil meine Eltern *Zeit für sich* brauchten, was ich nie akzeptiert hatte, weshalb ich mich bei meinen Großeltern nie so wohlgefühlt hatte, wie man sich bei ihnen hätte wohlfühlen können; ich stellte mir ein Kind zwischen ihren gedämpft vielfarbigen Polstermöbeln mit den ordentlich anarchischen Mustern vor, das sich mit Diabetikersüßigkeiten vollstopfen ließ, und zweifelte gleichzeitig an dieser Erinnerung.
Ob ich auch schon digital fotografierte, wollte mein Großvater wissen. Und fügte, ohne meine Antwort abzuwarten, hinzu, dass es ja schon schlimm sei, mit der Arbeitslosigkeit bei Akademikern.
Das mochte meine Großmutter aber gar nicht hören. Er solle mir keine Angst machen. Nun legte sie ihre Scheu ab. Sie fragte mich nach Jobwünschen und Lieblingsstädten, nach Reiseplänen, nach Fabian – mein Großvater sah mich hilflos an, und die Zeit, die er sich ließ, bis er sie korrigierte, gab seinem Einwurf die Schärfe, die er sich im Tonfall zurückzudrängen bemühte.
Meine Großmutter (die früher ihre Fettnäpfchen unbekümmert bis gezielt angesteuert und sich über jede verräterische

Verlegenheit gefreut hatte) wurde so rot, wie ich es ihrem spitzen Gesicht, diesem dürren Hals nie zugetraut hätte, und ich entschuldigte mich im Nachhinein stumm für alle verletzenden Absichten, die ich ihr unterstellt hatte, wenn sie wieder einmal den Sicherheitsabstand zwischen den Generationen missachtete – oder eher, wie ich jetzt meinte, zu überwinden trachtete; so peinlich war es mir, dass dieser gar nicht mehr so wunde Punkt solch brutaler Rücksichtnahme wert schien.

Mein Großvater atmete schwer. Die Großmutter stand auf, ging in die Küche, wir starrten ihr nach. Der Opa räusperte sich dreimal und entschuldigte sich bei mir mit gedämpfter Stimme dafür, dass sie nicht *ganz beieinander* sei. Ich murmelte möglichst leise möglichst gar nichts. Beide schauten wir weiterhin durch die halbgeöffnete Tür in den Flur.

Entschlossen lächelnd kam meine Oma zurück. Sie sprach kein Wort, setzte sich, nestelte am Reißverschluss ihrer gefütterten Weste, zog sie aus und gleich wieder an, und ich hätte sie (oder doch mich, denn letztlich war es nur die Tatsache ihrer Gedächtnislücke, die sie beschämte) zu gern mit Neuigkeiten über meinen Beziehungsstatus getröstet (aber ich wusste nicht, dass Jan nicht mehr weit war. Und noch weniger ahnte ich, dass neun Jahre später unser Kind in der Badewanne sitzen, den Seifenschaum auf der Wasseroberfläche mal hier, mal dort sammeln und wieder verteilen und vor sich hin singen würde: »Die Zeit ist da. Die Zeit ist weg. Die Zeit ist da. Die Zeit ist weg. Die Zeit ist da – da – da. Ist schon weg.«)

Doch noch war Winter, ich lernte für die mündlichen Prüfungen und fühlte mich zurückversetzt in die Zeit vor der Zwischenprüfung. Was darauf gefolgt war, wollte Wissenschaft sein: über ihren Differenzierungen, diesen vielen Details mit ihren Zusammenhängen in immer anderem Licht, hatte ich verlernt, wie man Wissen auf den Punkt und in den Kopf bringt. Für meine Kerouac-Arbeit hatte ich mir aus der Sekundärliteratur gepickt, woran meine Formulierungen anknüpfen konnten; auf welche Weise auch immer sie Halt fanden. Doch jetzt war ich den Texten ausgeliefert. Mal meinte ich beim hastigen Überfliegen alles sofort im Blick zu haben; um bei der zweiten Lektüre zu merken, welche in unterschiedlichste Richtungen deutende Komplexitätscluster mir da entgangen waren; mal war ich den Satzkonstruktionen so schleichend gefolgt, dass jede Nuance, die kleinste Unstimmigkeit in der Argumentation, die geringste Ungenauigkeit im Fortgang von Wort zu Wort mir ins Auge gefallen war; um am Ende unfähig zu sein, ein gerade gelesenes Kapitel zusammenzufassen. Doch für eine rekapitulierende Überblickslektüre blieb keine Zeit, es gab noch soviel anderes zu lesen; überall stieß ich auf Verweise, weitere Namen, Buchtitel, ganze Theorien, von denen ich nie gehört hatte und die doch wichtig schienen. Zum Schluss wurde es wieder so knapp, dass ich nicht einmal dazu kam, Lampenfieber zu entwickeln. Dabei ahnte ich bereits, dass ich im Nachhinein viel zuviel gelernt haben würde und gleichzeitig wenig genug, um nach den Prüfungen zwanghaft alle Fragen im Kopf wieder und wieder durchgehen und Tage später endlich zu vollständigen, präzisen, sogar geistreichen Antworten kommen zu können; wenn auch zu spät, viel zu spät. So kam ein Rest Prüfungsangst hinterhergeschlichen, mischte sich in die unbefriedigende Mischung aus Euphorie und Enttäuschung nach dem Examen: weil alles gut gegangen war – auch wenn gar nichts gut gegangen war. Ich hatte meine Chance nicht vertan, aber unzureichend genutzt; und so fand ich es zunehmend schade um die Zeit, die ganze Vorbereitungsphase wirkte in der Erinnerung zwar noch seltsam intensiv, doch die monatelange Aufregung, die alles andere in den Hintergrund gerückt hatte, ließ sich schon nicht mehr nachempfinden, diese ganze Anstrengung erschien mir als große Verschwendung:

an Zeit, an Energie, an Kraft, an Nerven, an Effizienz – denn was war auf einmal doch möglich gewesen, in den letzten Wochen vor dem Abgabetermin, vor den mündlichen Prüfungen; nur warum erst dann. Nun blieb mir nur die Erleichterung; es war alles vorbei. Wenigstens hatte ich keinen Prüfungstermin verschlafen wie zuvor und danach in so vielen meiner Träume.

Und immer noch war Winter, ich verschwendete meine Zeit als Praktikantin bei einem Museumsprojekt, das Kindergruppen den Vormittag eines Urmenschen und den Nachmittag einer Thronfolgerin erleben ließ. Pünktlich angelieferte Schulklassen, deren Rudelführer genau zu wissen meinten, wie brutal es in der Steinzeit nur zugegangen sein konnte, und einander in unser virtuelles Lagerfeuer stießen, und Geburtstagsprinzessinnen mit Krone und Haarspangen, die ihren Freundinnen erklärten, was sich gehöre und was ganz sicher nicht, allerdings sofort Ruhe gaben, sobald man sie irgendetwas basteln ließ, überforderten, ermüdeten mich (umso mehr, als ich mir – auch nach meinen kümmerlichen Unterrichtsversuchen – eingebildet hatte, mit Kindern umgehen, sie zumindest aus dem Stand mögen zu können); schicksalsergeben versuchte ich die Zeit mit den Gruppen irgendwie durchzustehen. Die Museumspädagoginnen, die sich diese Programme ausgedacht hatten, bewunderte ich für ihren Gleichmut und ihre Durchsetzungskraft (von der sie viel zu selten Gebrauch machten; aber vielleicht lag gerade darin das Geheimnis ihres Erfolgs).

Dennoch bewarb ich mich um weitere Praktika, als hätte ich nicht mitbekommen, dass mein Studium abgeschlossen war und ich Arbeit suchte, einen richtigen Job. Doch manchmal dachte ich sogar noch ans Archiv. (So wie ich erst nach Tagen begriffen hatte, dass Fabian mich verlassen hatte. Und erst nach Monaten, dass es endgültig war.)

Am Telefon erzählte Melanie von ihrem Kaiserschnitt, und ich fand das ehrlich interessant (selbst wenn ich nicht wusste, warum mich das etwas angehen sollte), leider wechselte sie bald zum Thema Diäten (von dem ich mir noch weniger vorstellen konnte, dass es mich jemals faszinieren würde).

Meret verschwendete ihre Zeit damit, ausgerechnet von mir Entscheidungshilfe über ihre Zukunft zu verlangen: »Sag einfach irgendeine Meinung. Je weniger du dich auskennst, desto besser. Und damals immerhin hattest du den richtigen Instinkt«, behauptete sie, »mit diesem Musical über Zeitreisen, das war eine tolle Produktion. Das hätte ich nehmen sollen. Stattdessen versinke ich in Mittelmäßigkeit. Mit allem, was ich anpacke.«

»Ich habe dein letztes Stück nicht einmal gesehen«, wandte ich ein.

»Vielleicht war das die richtigste Entscheidung«, erwiderte sie, überreichte mir allerdings gleichzeitig eine Aufzeichnung des Spektakels (das vor allem aus überlangen Pausen und zu diskret gefilmter Verlegenheit im Publikum bestanden zu haben schien: obwohl Meret wirklich alles gegeben hatte, mit schrillem Gesang und genauen Anweisungen an einzelne Passanten und Cafébesucher: »Jetzt müssen Sie klatschen. Und Sie müssen ›bravo‹ rufen. Aber jetzt müssen Sie sagen: ›Was macht die Frau denn da?‹ Jetzt sagen Sie schon: ›Was macht die Frau da? Ist das Kunst?‹ Und dann müssen Sie sagen: ›Oder hat die nicht mehr alle Tassen im Schrank?‹ Und jetzt müssen Sie sich etwas denken.« Und weiter so übergriffig, dass »es schon wieder etwas öffnete«, wie sie bei unserem nächsten Treffen beteuern würde; und gleichzeitig verraten, dass diese Dialoge wesentlich inspiriert seien durch das Kommunikationsverhalten der vierjährigen Tochter ihres Freunds; die mit Merets Aktion

die erhoffte Kontrolle über ihr Spiel vollends verlieren sollte – wenn auch ohne es mitzubekommen).
Vincent verschwendete seine Zeit damit, alles Mögliche zu pitchen. Gabriella verschwendete ihre Zeit als Volontärin in einer Lokalredaktion in ihrer Heimatstadt. Ayscha und Ulrika verschwendeten ihre Zeit damit, in einem Reisebüro zu jobben. Annkathrin verschwendete ihre Zeit mit Liebeskummer, und ich fühlte mich von diesem Thema unbetroffen, obwohl ich weiterhin auf Post von Jan wartete; auch als der arme Sascha begann, viel Zeit mit Flirtversuchen zu verschwenden, woran ich wiederum viel zu wenig Gedanken verschwendete. Annalena verschwendete ihre Zeit mit Rechtfertigungsversuchen ihres ultraentschleunigten Lebensstils, und damals begannen wir alle viel Zeit im Internet zu verschwenden (ohne dass sich irgend jemand Gedanken gemacht hätte, womit wir den unendlichen virtuellen Raum füllten; dass unsere Suchanfragen und Konsummuster, selbst unsere Emails vom Großen Speicher erfasst wurden, sollte uns ohnehin erst Jahre später beschäftigen).
Anna verschwendete ihre Zeit damit, ihrer persönlichen Öffentlichkeit zu erklären, wie sich in ihrem Leben alles füge, seit sie einen Freund habe, der sie nehme, wie sie sei. Und Elisabeth belegte mit vielen Hormonwerten, dass sie ihre Chance zum Kinderkriegen bereits versäumt habe. Sandra verschwendete ihre Zeit mit Kakteenfotos und Eintopfrezepten. Tobias verschwendete seine Zeit mit exklusiver Berichterstattung über die eigenen sportlichen Leistungen. Nike verschwendete ihre Zeit damit anzukündigen, dass sie bei einer Beratungsfirma einsteigen und daneben überhaupt keine Zeit mehr haben werde (weshalb ich von ihren anfänglichen Erfolgen, den internationalen Erfahrungen und überwältigenden Einkünften, dem grandiosen Scheitern des ganzen Unternehmens und der sensationellen Therapie, deren Vermarktung sie ihre weitere

Berufskarriere widmen würde, nichts mehr erfahren sollte und folgerichtig auch nichts erzählen kann).

Es war Frühling, mein Leben hatte sich geändert, aber das war kaum zu merken: jedes Treffen *cum tempore*, jeder Einkauf kurz vor Geschäftsschluss, jede Bewerbung in letzter Minute, jedes Vorstellungsgespräch so knapp wie möglich vorbereitet. Große Auftritte hatte ich weiterhin nur als Zuspätkommerin.
Fabian lief mir über den Weg und gab sich demonstrativ erstaunt, dass ich es geschafft hatte, mein Studium abzuschließen (so dass kein Kind, das aus der Zukunft einen Blick auf die Szene geworfen hätte, um seinen Gen-Mix zu fürchten brauchte; diese Geschichte war vorbei). Doch vielleicht glaubte ich mir selbst (immer noch) nicht ganz (und tatsächlich: sobald ich nicht aufpasste und in meine Magisterarbeit schaute, fing ich wieder an zu ändern, zu ergänzen und zu korrigieren), und am allerwenigsten in diesem Moment, als an meiner Stelle auf einmal ein Alt-Ich mit bekannten, berechenbaren Reflexen stand, das Fabian überheblich anlächelte und sich verzweifelt einbildete, das nicht verletzt und trotzig, sondern irgendwie ironisch zu meinen; obwohl Fabian diese Sorte Ironie soviel besser beherrschte – sie stand ihm gut, das wusste er leider. Ich ahnte bereits, was als nächstes kommen würde, aber das nützte mir nichts, es machte es nur schlimmer; auch das kannte ich viel zu gut. Fabian hatte es seit je geschafft, mich als Phänomen zu betrachten, so zumindest sah ich mich, wenn ich ihn reden hörte; und leider war die noch etwas ältere Ausgabe von mir, die er einmal interessant, attraktiv, begehrenswert gefunden hatte und die mir fatalerweise immer noch besser gefiel als jedes andere Spiegelbild, kaum mehr zu aktivieren; sein Bild von mir war nicht schöner geworden über die Jahre. Und so sah ich mich selbst bereits kämpfen, immer verbissener, immer verlorener, vor Augen all die Perspektiven, all diese grenzen-

losen Möglichkeiten, als Akademikerin zu scheitern, die mir jetzt offenstanden – ich hatte nicht die geringste Chance gegen ihn, gegen seinen Blick, der mit mir (immer noch) machte, was er wollte. Hätte ich dagegen ihn nach seinen Lebensumständen gefragt, wäre er begeistert ausgewichen auf irgendwelche Detailfragen von Projekten, die so faszinierend klangen, dass Erfolgsaussichten keine Rolle spielten, ich wusste das, ich kannte das, da kamen wir nicht raus, so dachte ich, bis ich wieder Augen für ihn hatte und anstelle des gewohnten (aber vielleicht immer schon imaginierten) arroganten Grinsens eine zerknirschte Miene bemerkte und seine Entschuldigung hörte und seine Gratulation; und auf einmal nichts mehr als ein freundlicher dünner Mann in zu leichter Jacke vor mir stand, der (wenn ich richtig rechnete; er sah so jung aus, ganz der Alte) seine Regelstudienzeit noch mehr überzogen hatte als ich. Mein Lächeln fühlte sich sofort entspannter an, mir fiel wieder alles ein, was mir an Fabian jemals gefallen hatte. Umso weniger wusste ich leider, was ich ihm nun sagen sollte. Endlich quetschte ich (während ich bereits eine gewisse Besorgnis in seinem Blick zu bemerken meinte) ein trockenes Husten heraus und in einem kläglichen Tonfall, den ich lange nicht mehr von mir gehört hatte, mein Bedauern, es tue mir leid: ich sei angespannt, weil ich nicht wisse, wie ich ihm die Sache mit der DDR-Flagge erklären solle.

Nachdem er die (gekürzte und bearbeitete) Geschichte meiner Kellerräumung gehört hatte, lachte er (nun auch er erleichtert) auf und beteuerte, seine Fahne nie vermisst zu haben (und ahnte wahrscheinlich selbst nicht, dass er im selben Moment begonnen hatte, sie zu vermissen, und bald übers Internet eine ganze Sammlung von Fahnen und Flaggen zusammenkaufen sollte – was schließlich zur Wiederauferstehung der *Kulturkomparsen* führen würde, wenn auch ohne mich und meinen Keller).

Schon war Sommer, ich jobbte im benachbarten Antiquariat und stieß dort auf Neal Cassadys Aufzeichnungen seiner Herkunftsgeschichte, in denen das Leben seiner Eltern (soweit er es nur aus ihren Erzählungen kennen konnte) solide, fast idyllisch erscheint – bis die beiden einander begegnen, die gemeinsamen Kinder kommen und ein Strudel aus Sucht, Aggression, abrupten Ortswechseln, Armut, Obdachlosigkeit, Gewalt einsetzt, der auch durch die Trennung nicht aufzuhalten ist. In ruhigen Momenten las ich das Buch an meinem Platz hinter der Kasse. Ich schrieb Bewerbungen, kassierte Absagen und verschwendete meine Zeit mit Zweifeln und Ängsten, weil ich noch nicht wusste, wie problemlos ich letztlich meinen Traumjob finden und dass diese acht Monate im Nachhinein nicht lang gewesen sein würden, so entsetzlich endlos sie sich jetzt auch anfühlten und wie schade es um jede einzelne dieser Möglichkeiten war, in die ich mich Mal ums Mal, bei jeder neuen Bewerbung zur Probe hineinfantasiert hatte; allein diese Hoffnung, die ich jedesmal aufgebracht hatte, zehrte an meinen Kräften – und dass trotzdem nichts so ging, wie ich es mir gedacht hatte. Ich wusste, dass sich früher oder später Perspektiven auftun würden, auftun mussten, doch jetzt verschlossen sie sich mir, eine nach der anderen.

Der einzige, der mich in dieser Zeit regelmäßig anrief, war Sascha. Aber sobald mein Telefon klingelte, dachte ich zuerst an meine laufenden Bewerbungen, nur am sehr frühen Morgen an meine Großmutter und in der Nacht an Jan, obwohl der doch lange, also deutlich genug kein Interesse signalisiert und sich auf diesem Weg überhaupt noch nie bei mir gemeldet hatte. Sascha hielt ich in einer Warteschleife voll geistreicher Betrachtungen zu allem, was uns nicht persönlich betraf (seine Gefühle zu verdrängen, darin war ich gut in dieser Zeit), ich nahm mir alle Bestätigung, die ich aus seiner Beharrlichkeit ziehen konnte, und schenkte ihm gerade soviel Aufmerksamkeit, dass er weiter am Ball blieb; immerhin konnten wir uns ausgezeichnet über psychosomatische Gesellschaftstrends unterhalten. Und völlig ausgeschlossen war nicht (zuweilen wünschte ich es sogar), dass es mir im Lauf der Zeit gelingen könnte, mich in ihn zu verlieben – bei ihm hatte es schließlich auch gedauert (ich kannte ihn länger als Fabian, seit dem ersten Semester), bis die Leidenschaft entbrannt war; und möglicherweise (ich wollte es nicht wissen) brannte sie auch bei ihm nur halb so wild, und er schätzte unsere Freundschaft gerade deswegen, weil sie nie drohte, mehr zu werden, und dennoch eine Perspektive vortäuschte, die sich ohne Umstände, Anstrengung oder gar Veränderung aufrechterhalten ließ.

Nach einem Abend mit Sascha träumte ich von Jan, und zum ersten Mal machte ich mir Sorgen um ihn, sah ihn am Rand eines Canyons balancieren auf der Flucht vor Gangstern und Cops, obwohl er gleichzeitig längst gestorben war; auch wenn es, traumhaft zweifelsfrei, an mir lag, dass ich nichts mehr von ihm hörte aus seinem Grab.

»Meld dich bei ihm«, sagte Vincent (der mich mitten im Antiquariat in ein sehr privates Gespräch verwickelt hatte), »mach dieser Sache ein Ende.« Später würde er behaupten, unsere Beziehung gerettet zu haben, wogegen sich im Nachhinein auch wenig sagen lässt.

Ich wusste nicht, ob ich Jan schreiben wollte oder ob ich Vincents Rat nur deshalb ernst nahm, weil ich froh war, dass unsere Unterhaltung damit ein Ende gefunden hatte; es waren nur wenige Kunden im Laden gewesen, aber die hatten immer häufiger von den Büchern aufgeschaut, auch der Chef hatte immer indiskretere, befremdlich wohlwollende Blicke zu mir hinübergeworfen; ich wusste nicht, was ich schreiben sollte, schob die Sache tagelang, zwei Wochen vor mir her und schrieb schließlich doch, um etwas zu beenden, das nicht exis-

tierte; ich schrieb dem Mann, den ich gegen alle Wahrscheinlichkeit immer noch in den USA vermutete, der in meinem Bewusstsein dort hängen geblieben war, weil er mir von dort, aus Denver, zuletzt geschrieben hatte, eine Abschiedsmail an meine Illusionen (soweit sie ihn betrafen); formulierte das allerdings (nach zahlreichen Entwürfen, Änderungen und Korrekturen) nicht ganz so eindeutig, wie ich mir einbildete, es vorgehabt zu haben.
Kaum war die Nachricht abgeschickt, schaute ich in meinen Posteingang. Ich wusste, dass Jan sich nie wieder melden würde und auf keinen Fall so schnell. Dennoch klickte ich gleich wieder auf *Empfang.* Nach wenigen Minuten noch einmal. Und noch einmal. Und dann war seine Antwort da. Nach neuneinhalb Minuten. Er freue sich. Und wolle seine Großeltern besuchen. (Mit durchwachsenem Gewissen dachte ich an meine, die ich seit meiner Universitätsabschlussfeier, zu der sie extra angereist waren, nicht mehr gesehen hatte.) Wir könnten uns also treffen.

Ich hätte nicht ungern ein Zweit-Ich zu diesem Wiedersehen geschickt. Denn ich erwartete nichts von unserer Begegnung, ich wusste, dass ich nichts erwarten durfte, dass ich alles verderben würde mit meinen Erwartungen, die sich über die Zukunft legten, immer dichter, undurchdringlich für alle wahren Momente. Ich wusste, dass kein Blitz einschlagen, kein Theaterdonner einsetzen, keine Geigen aufjaulen, die Zeit nicht stehenbleiben würde in dem Moment, in dem ich (verspätet, bei aller Liebe) auf den kleinen Platz vor der Gerichtslaube gehastet käme und ihn dort stehen sähe: meinen temporären Brieffreund, Melanies Ex-Lover, vom Warten verstimmtes Objekt meiner Sehnsucht (ja, wir hätten sicher einen netten Nachmittag, würden erfolgreich ungezwungen tun, uns höflich voneinander verabschieden und bei späteren, seltenen zufälligen

Begegnungen das Bier erwähnen, auf das wir uns immer noch einmal verabreden wollten). Wenn ich daran dachte, empfand ich bereits im voraus emotionale Erschöpfung. Ich wollte alles schon hinter mir haben, die ganze Enttäuschung, diese Entzauberung, dieses fade Verpuffen all der in sicherer Entfernung über lange Zeit aufgestauten (so schien es auf einmal) Erregung: sobald wir einander gegenüberstünden, wäre alles weg, dieses belebende, gleichzeitig lähmende Prickeln komprimiert zu einem Nichts (das wusste ich doch). Immer häufiger spielte ich die Variante durch, dass er gar nicht erscheinen würde. Und bereitete dennoch Gesichtsausdrücke vor, suchte (lächerliche, unnütze, unnötige) Vorsorgestrategien gegen peinliche Momente, verlegenes Schweigen, offenes Kichern, glückliches Grinsen. Ich wünschte, ich hätte mich in meiner Mail unmissverständlich ausgedrückt. Dann rannte ich los.
Ich hatte mir diese Begegnung so oft vorgestellt, dass mir die Szene bereits wie eine Erinnerung vorkam: wie ich angelaufen käme, und da stünde er, als ob nichts wäre (nach so flüchtiger Bekanntschaft, nach so vielen Mails in so kurzer Zeit, nach so langer Pause, nach so wenig Erklärung), und dann wäre es an uns beiden zu entscheiden, ob etwas sein würde, zwischen uns.

Er war nicht da (womit ich gerechnet hatte; aber doch nur in meiner Version). Ich lief um den Platz, schaute in jeden Winkel, jede Nische, jeden Hauseingang, fassungslos sah ich auf die Uhr. Ich war zehn Minuten zu spät gekommen, inzwischen waren es fast zwanzig. Ich musste ihn verpasst haben. Und hatte nicht einmal seine Handynummer.
Ich nahm mir vor, von nun an pünktlich zu sein. Das brachte mir zwar keinen Mann zurück, aber durch diesen Entschluss (beschloss ich) hätte diese dumme Geschichte wenigstens einen produktiven Nebeneffekt (an die vielen guten Vorsätze

meines Lebens erinnerte ich mich in diesem Zusammenhang ausdrücklich *nicht*).
Dass irgend jemand unpünktlicher sein könne als ich, habe ich immer schon bezweifelt; auch wenn ich selbstverständlich wusste, dass diese Möglichkeit bestand. Um ihm oder mir, also uns noch eine Chance zu geben, ging ich nicht gleich zurück nach Hause an meinen Computer (obwohl Emails doch mein einziger Weg waren, ihn – wenn auch wahrscheinlich nicht sofort – zu erreichen), sondern blieb auf dem kleinen Platz, über den ab und zu ein Lieferwagen fuhr und Autos aus dem nahen Parkhaus; als könnte ich durch diese angehängte Wartezeit etwas von meiner Verspätung zurücknehmen. Immer intensiver wünschte ich, ich wäre pünktlich gewesen. Dann hätte ich wenigstens gewusst, ob er tatsächlich dagewesen und – sehr kurz vor meinem Eintreffen – frustriert wieder gegangen war.

Schließlich kam er angerannt, vierzig Minuten später als ich (und ich hatte gewusst, dass ich nichts erwarten durfte, und konnte mich nun überrumpeln lassen). Mit viel Schwung lief er auf mich zu. Ich wich zurück, er streckte beide Arme aus, um sich zu bremsen und nach meiner Hand zu greifen. Und sich anschließend für seinen Schweiß zu entschuldigen. Und die Verspätung. Er hatte ebenfalls gewartet, auf dem falschen Platz, vor einem anderen historischen Justizgebäude (dass wir uns in seiner Heimatstadt befanden, hatte nicht nur mir, sondern auch ihm den Blick auf die Möglichkeit verstellt, sich nicht auszukennen).
Nun war Zeit, Luft zu holen, die Körper zur Ruhe zu bringen. Zeit, einander anzustarren. Nach all den Monaten, bei Tageslicht sah er wenig vertraut aus, größer als in der Erinnerung, das Gesicht schmaler, die Haare heller, die Augen dunkler; seine gelblichen Zähne waren mir überhaupt noch nie aufgefallen. In einer Gruppe hätte ich ihn kaum identifizieren kön-

nen. Er trug keine Turnschuhe. Aber ich erkannte den Mann aus Amerika und sah ihm ins Gesicht, bis er lächeln musste, gequält, betreten, schließlich (ich fragte mich bereits, ob ich nicht alles verdarb) nur noch unschlüssig, schüchtern, allmählich souveräner, nun sah er es als Spiel (wie er später behaupten würde), trat einen Schritt zurück (und ich sehe eine Schärfung seiner Züge, ahne den Entschluss darin, zwar nicht sofort zu fliehen, aber doch zu geordneter Anbahnung überzugehen, mit lange, lange, lange möglichem Rückzug in sichere Normalität, einen unbeteiligten höflichen, redegewandten Vermittler vorzuschieben und sich selbst dahinter zu verstecken; und ich habe kein entsprechendes Double zur Hand, in der Eile; denn jetzt möchte ich es schnell, ich will es überstürzen, was nicht gelingen kann, ich gerate ins Wanken, und nun bin ich es, die die Arme ausstreckt, wir müssen einander festhalten, unkontrolliertes Zittern, ein Schreck, halbherzige Entschuldigungen, wir fallen einander ins Wort, vom Parkhaus her rollt ein Auto vorbei, das Timing ist nicht mehr zu retten). Im Nachhinein also würde alles so ausgesehen haben wie die ganz große hysterische Liebe auf den so gut wie ersten Blick (eine Geschichte, die man, vereinfacht, zugespitzt, auch einem Kind würde erzählen können; aber wir hatten doch keine Ahnung, worum es wirklich ging).

Es war Sommer, und er hatte seinem Opa versprochen, mit ihm Fußball zu schauen. Ich ging allein nach Hause. Doch sogar das Match im Fernsehen bekam an diesem Abend auf einmal seinen Reiz.

Erst nach Tagen fiel mir ein, dass ich mich mit keinem Wort nach seiner USA-Reise (die in meinem Bewusstsein immer noch nicht ganz vorbei war) erkundigt hatte; als ich mich bei unserem nächsten Treffen dafür entschuldigte, winkte er ab. Das mache nichts. Und damit war dieses Thema erledigt. Viel später sollte ich mich fragen, ob ich hätte nachhaken sollen; aber anscheinend reichte mir das an Vergangenheit, was er von sich aus mit mir teilte: den Rest ließ ich gern vergangen sein. Er würde in der folgenden Zeit oft seine Großeltern besuchen.

Meine Großmutter fühlte sich schlecht. Zur Blutverdünnung und für die Orientierung in Raum und Zeit bekam sie Medikamente, auch irgendetwas gegen die Angst. Meine Mutter litt mit; gemeinsam mit ihren Brüdern musste sie sich um ihre Eltern kümmern (kümmern, nicht pflegen; dafür standen in der Seniorenwohnanlage ausreichend Betreuerinnen bereit – wenn meine Großeltern sich im neuen Apartment einmal eingelebt hätten, wenn ihr überfüllter Haushalt erst aufgelöst, wenn sie endlich übersiedelt wären; wenn wenigstens geklärt wäre, wer welchen Teil des Umzugs organisieren würde). Oft fuhr sie nicht zu ihren Eltern; aber sie schienen sie pausenlos zu beschäftigen. Wenn sie meinte, *Zeit für sich* zu brauchen, versuchte sie, mich einzuspannen. Ich meinte, noch viel weniger Zeit zu haben und sehr viel Wichtigeres im Kopf; aber gerade weil mich das so ausfüllte, fiel es mir schwer, mich zu wehren. Und so besuchte ich von Zeit zu Zeit meine Großeltern, ließ mich bekochen und mir Taschengeld zustecken. Meine Großmutter versuchte die wachsende Fürsorglichkeit um sie herum zu legitimieren, indem sie viel von der Zeit sprach, also vom Sterben. Sie schien ihren Tod weniger herannahen zu spüren (aber was wusste ich schon) als ihn herbeizurechnen und alles auf die eine Formel *nicht mehr lang* zu bringen.
Ich wollte das nicht hören. Und statt ihren Sorgen und Schmerzen Aufmerksamkeit zu schenken, versuchte ich sie abzulenken (ich oder eine gedankenlose eiskalt freundliche Doppelgängerin; unreif, überfordert bis zum Anschlag oder einfach nur bequem und nicht bereit, sich diesen Sommer trüben zu lassen, durch gar nichts. Beide Alternativen konnte ich in mir

spüren, sie koexistierten und kooperierten gespenstisch gut miteinander). Mit den immer gleichen Nachfragen lenkte ich meine Oma auf die paar ausgefahrenen Erinnerungsspuren, die mich in den Jahren zuvor oft genervt hatten: jetzt konnte ich ihre Routineerzählungen von der Kindheit meiner Mutter und ihren Brüdern in schwieriger Zeit, von der Begegnung mit meinem Großvater in grausamer Zeit nicht oft genug hören (und bildete mir zuweilen sogar ein, so ihre Liebe ewig jung zu halten).

Ich begann meine Zeit mit der Suche nach einem Dissertationsthema zu verschwenden, weil Jan doch auch promovierte und ich immer noch nicht wusste, dass mein Traumjob bereits auf mich wartete (und erst recht nicht, dass die Arbeit im Location Büro nach einem Jahr kein Traumjob mehr sein würde. Aber nach der überraschenden Zusage war ich euphorisch (die Verunsicherung durch die vielen Absagen würde bei der nächsten Arbeitssuche erst wieder aufbrechen); erleichtert, nicht länger suchen und herumjobben zu müssen, und glücklich, aus meinem Komparatistik-Geschichte-Politologie-Eckchen einen Weg in so etwas Aufregendes wie die Filmwelt gefunden zu haben, und sei es nur in ihre Außenbezirke, denn ich blieb, wo ich war; entdeckte das bisschen Filmwelt in meinem Studienort und machte mich voll Begeisterung daran, die Stadt, die Gegend mit neuen Augen zu sehen, nach Drehorten abzusuchen, die paar besonderen – und seien es nur die besonders typischen – Plätze in meiner Umgebung zu finden; ich wollte sie so gern ernst nehmen, meine kleine Stadt).
Es wurde Herbst, dann Winter. Und wieder Frühling, Jan und ich trafen uns jedes Wochenende, abwechselnd in seiner und in meiner Stadt. Wir redeten viel davon, gemeinsam in Urlaub zu fahren, aber schon war wieder Herbst und der Frühling kam.

Meine Verwandtschaft sah ich seltener. Gleichzeitig interessierte mich Jans dysfunktionaler Background immer mehr, so dass ich, manchmal sogar ohne ihn, einige Abende in der aufgeräumten Wohnung seiner Großeltern verbrachte, fettige Schmalzkuchen aß und mich fragte, wo in ihrer so ungewohnt interessiert und aufmerksam wirkenden Kommunikationsweise das Problem lag.

Wenn meine Großmutter dennoch Gelegenheit fand, mir ihren Tod anzukündigen, widersprach ich ihr knapp, wider besseres Wissen – nicht dass ich ihrer Unkerei im Detail geglaubt hätte, aber irgendwann würde sie selbstverständlich Recht bekommen; was mir allerdings von Wiederholung zu Wiederholung unwahrscheinlicher, immer unwirklicher erschien.

Inzwischen hatte Veronique beschlossen, *im Hier und Jetzt* zu leben, also von mir aus gesehen ganz woanders (wenn auch ebenfalls wenig zeitgemäß). Meret verschwendete ihre Zeit als Synchronsprecherin. Ich verschwendete meine Zeit mit Büchern und Artikeln über Prokrastination als Lifestyletrend. Morgens früh wurde ich von Sascha geweckt, der seine Zeit beim Radio verschwendete und dessen geschulte Stimme gerade noch wiederzuerkennen war. Vincent wurde zum jüngsten Senior Creative Manager seiner Agentur befördert und verschwendete seine Freizeit damit, Lebensversicherungen und Bausparverträge abzuschließen. Annkathrin verschwendete ihre Zeit mit Kulturmanagement (und Details wären interessant gewesen, doch schon musste sie weiter). Tobias verschwendete seine Zeit mit Distanzierungsspots auf seinem privaten Videokanal gegen den eigenen Vater, von dessen regionalpopulistischem Engagement gegen *die vorauseilende Verbotskultur* und *übertriebenen Denkmalschutz* ich auf diesem Weg erst erfuhr. Daniela verschwendete ihre Zeit als Deutschlektorin in Kyoto. Anna war wieder Single und verschwendete

ihre Zeit und viel Geld mit politisch bewusstem Konsum. Sandra war zu Auflaufrezepten und ausufernden Lektüretipps übergegangen. Melanie verschwendete ihre Zeit mit Fastenkuren und Paartherapien (und würde dennoch bald nach kurzem Rosenkrieg allein stehen mit ihren verhaltenskreativen Zwillingen. Doch bis sie das nächste Mal heiraten würde, wäre alles wieder gut. Fast alles).
Falls ich an ein Kind dachte, äußerte sich das darin, dass ich allmählich Stellenanzeigen für die Stadt zu lesen begann, in der Jan inzwischen seine Zeit zu immer höherem Stundenlohn bei einer Forschungsförderungsgesellschaft verschwendete. Die Beiläufigkeit, mit der seine Dissertation irgendwann abgeschlossen war, machte mich fassungslos; zwei oder drei Monate hatte ich weniger von ihm gesehen und danach viele Seiten zum Korrekturlesen bekommen: das war alles. Es schien ihm nichts auszumachen, Wissenschaft nur noch zu verwalten; ohne Reue schickte er sein Studien-Ich in die Vergangenheit (wo es hingehörte) und nur noch ab und zu auf einen Kongress, den er mitorganisiert hatte. Wir fuhren in Urlaub, und irgendwann lag auf meinem Sofa eine Plüschameisenbärin mit Kind auf dem Rücken (die ich für Gabriellas Baby gekauft hatte, doch sie hatte ihren Besuch dann verschoben). Aber wir ahnten immer noch nicht, dass all das nichts als eine Vorgeschichte sein würde.

So wie natürlich meine Eltern Anfang der 70er Jahre nur an ihr Vergnügen gedacht hatten; auch wenn sie immerhin darauf geachtet hatten, etwas zu erleben, das sich zu einer Romeo-und-Juliaesken Geschichte aufbauschen ließ: vom linken Studenten und der Kalender- und Sinnspruchverlegertochter, die einander ausgerechnet auf dem Fundbüro begegnet waren: sie, um den altertümlichen Wanderstab abzuholen, den ihr Vater bei seinem *Stadtmuseumsfördervereins*-Stammtisch vergessen hatte, während er nur schnell ein Portemonnaie abgeben wollte, meine Eltern, so wie ich sie von alten Fotos kannte, sie gerade mit der Schule fertig (ich sehe sie in ihrem Abiturfeierkleid, das sie im Fundbüro sicher nicht trug), höflich wartend an der Theke; er mit einer Frisur, die sie noch viele Jahre später lächerlich finden würde (und doch interessant genug, um in inneren Widerstreit mit ihren Vorstellungen zu geraten, wie auffällig sich ein Mann zurechtmachen dürfe). Er merkt nicht einmal, dass er sich vordrängelt, verhaspelt sich bei seinen Angaben zum Fundort (irgendwo in einem Treppenhaus, das zu einer WG gehöre, deren Adresse ihm unklar sei, obwohl er dort wohne, irgendwie schon, gelegentlich; und auch ich weiß nicht mehr, ob es um eine Geldbörse ging oder um mehrere, in jedem Fall ohne Bargeld und Personalpapiere), was zu vorhersehbaren Missverständnissen führt, die er mit unbeholfener Aggressivität auszuräumen versucht.

Sie warf ein paar kurze wohlerzogene Sätze ein und hatte damit ungleich mehr Erfolg. Auf seinen Dank hinterher, draußen, wo er im Regen auf sie gewartet hatte, auf seine Entschuldigungen, seine unerwartete Behutsamkeit, seine Selbstironie legte sie allerdings keinen Wert – zunächst. (Eine Kindergeschichte, wie gesagt, eine Kindergeschichte.)

Während er sich noch einbildete, dass sie ihre politischen Ansichten seinen annäherte, gründeten sie etwas, das er eine Weile Freunden gegenüber noch ironisch als *Zweierkommune* bezeichnete; das aber nichts als eine Keimzelle tiefbürgerlichen Kleinfamilienlebens war. Als meine Eltern (immer gemeinsamer) die Diskussionen über Sympathisantentum nur noch mühselig fanden, beschlossen sie (wie meine Mutter solange behaupten sollte, bis ich selbst ein Kind hatte: daraufhin verlor die Kategorie ihre Relevanz), »erwachsen« zu werden, und lenkten sich vom Deutschen Herbst mit einem Baby ab: *ein Hut, ein Stock, ein Regenschirm. Und vorwärts.*

Frühere Generationen, sagten sie sich manchmal, hatten zweifellos zu einem deutlicheren Bewusstsein ihrer selbst und der Welt, in der sie lebten, gelangen können. Vielleicht wären sie gern zur Zeit des Spanischen Bürgerkriegs oder der Résistance zwanzig Jahre alt gewesen: und sie sprachen auch tatsächlich darüber; es schien ihnen, dass die Probleme, die sich damals gestellt hatten oder ihrer Meinung nach gestellt haben mussten, klarer gewesen waren und die Notwendigkeit, mit ihnen fertig zu werden, wesentlich zwingender; sie dagegen hatten es nur mit Fangfragen zu tun.
Es war eine etwas scheinheilige Sehnsucht: der Algerienkrieg hatte mit ihnen begonnen, er ging vor ihren Augen weiter. Er berührte sie kaum [...]. Lange Zeit glaubten sie nicht, dass dieser Krieg ihr Leben, ihre Zukunft, ihre Weltanschauung eines Tages erschüttern könnte.

(Georges Perec, *Die Dinge. Eine Geschichte der sechziger Jahre*)

Im Fernsehen fielen Schüsse und meine Oma brach zusammen (in Ägypten war wieder etwas passiert; sie hatte allerdings nur einen Krimi gesehen). Meine Mutter rief mich aus dem Krankenhaus an. Ich war gerade dabei, die Postkarte, die ich meinen Großeltern zu Weihnachten hatte schicken wollen, in einen Neujahrgruß umzuwandeln. Phrasen über Glück und Gesundheit konnte ich mir nun sparen. Ich fühlte mich vage schuldig wegen meiner Verspätung. Und wegen meiner gedankenlosen Sätze (in die ich umso mehr Bedenken investiert hatte, als mir ihre Banalität bewusst war; doch Angemesseneres war mir nicht eingefallen – was wiederum komplizierte Anpassungsmaßnahmen erforderte, um mich damit abzufinden und mir einzureden, dass es schlicht so war, wie es sich las: ich wünschte meinen Großeltern Glück und Gesundheit; was sonst. Wenn auch zu spät).
Am Tag vor der Beerdigung bebte die Erde in Haiti, und ich spendete dennoch für die Klinik, die meine Großmutter zuletzt betreut hatte. Viel war es ohnehin nicht.

Ich fror in der Friedhofskapelle. Der Pfarrer war gebrieft, verließ sich aber lieber auf den Barnum-Effekt und redete über allgemein Menschliches. Und über die Zeit, in der meine Oma gelebt hatte (auch da schien er sich zuständig zu fühlen), und erregte so meinen Widerspruch, obwohl oder weil ich soviel später selbst als er geboren war: da saß ich vorm Sarg und an Trauer war nicht zu denken, weil ich innerlich mit den historischen Kommentaren dieses Pfarrers zu kämpfen hatte – und mit meinen eigenen Einwänden, wie deplatziert diese Auseinandersetzung sei und dass ich (da musste ich an Sandra auf Melanies Hochzeitsfeier denken, die so unrecht allerdings doch nicht gehabt hatte) seine paar oberflächlichen Statements ohnehin überinterpretierte und nur aufgrund ihres kalkuliert klingenden Pathos' für verdächtig halten konnte. Trotz bester Vorsätze, das *Problem adäquater Thematisierung der Zeit zwischen 1933 und 1945 in Smalltalk und anderer Gebrauchskommunikation* wieder einmal zu vertagen, fragte ich mich, ob dieser Pfarrer generell, wenn es um die Lebensbilanz der entsprechenden Jahrgänge ging, besonders hohle Worte wählte und in vorauseilender Verharmlosung alle als Opfer (ihrer Zeit) betrachtete; obwohl meine Großmutter doch, wie der Pfarrer treu hervorhob, *ihren Glauben* gehabt hatte. Der war zwar im Lauf der Jahrzehnte allmählich zerbröselt, nach Tischgebet und Kirchgang waren schließlich (wenn auch erst nach dem Verkauf des ererbten Unternehmens) die Vorbehalte gegenüber den Zweit-, Dritt- und Nichtehen meiner Onkel und sogar gegen einige der jeweiligen Partnerinnen verschwunden; nur das Wort *gesegnet* erlebte eine längere Renaissance in Briefgrußformeln. Aber während sie in meiner Kindheit beim Großfamilienosterfest auf jede Frage zum Feiertag noch zu Ausführungen angesetzt hatten, die ihnen selbst kompliziert vorkamen, hörte mein jüngster Cousin nur mehr vom Hasen mit den Eiern. Doch als Jugendliche unter dem Einfluss der

Bekennenden Kirche hatte diese befristete Religiosität meine Großeltern davor bewahrt, sich für die Täter zu begeistern; was der Pfarrer nicht erwähnte und was ich auch nur von meinen Eltern wusste. Meine Großeltern hatten sich ebenfalls ins Allgemeine gerettet. Sie wichen dem Thema keineswegs aus, schenkten mir Kinderbücher über Alltag im Nationalsozialismus, Flüchtlingsschicksale, Holocaust und Weltkrieg, die sie selbst zu lesen schienen, denn ihre persönlichen Erinnerungen glichen diesen Erzählungen im Tonfall, in ihrer einfühlsamen Anschaulichkeit; sie konnten alles erklären, die Kinderbücher und meine Großeltern, so zuverlässig, so nachvollziehbar und vertrauenswürdig, dass ich nie einhakte, nachfragte, auch als ich älter, aufsässiger, informierter wurde; ich fragte nicht einmal, warum sie so beharrlich vergaßen, den Großonkel zu erwähnen, der angeblich als halber Held ein paar Entschlosseneren beim Lebensretten sporadisch, aber immerhin, geholfen hatte. Von dem hatte mir meine Mutter erzählt (deren Familiengeschichten vor allem aus Zeiten, die sie selbst nicht miterlebt hatte, ich nur dann quellenkritisch hinterfragte, wenn sie gegenüber ihren eigenen, älteren, in meiner Kindheit kanonisierten – nicht selten düstereren – Fassungen abwichen); auf ihn war sie besonders stolz und bedauerte seine Entwicklung zu einem alkoholkranken *Misanthropen*, ordinär und snobistisch zugleich, die den Umgang mit ihm so *schwierig* gemacht habe: »man kommt nicht an ihn ran, und wenn doch, bereut man es schnell«; ich war ihm nie begegnet. Als Kind stellte ich ihn mir als einen mürrischen kleinen Mann in einem Ohrensessel vor, der seine historische innere Güte um keinen Preis offenbaren wollte und deshalb in seiner düsteren Ecke zu knurren begann, sobald man sich näherte. Inzwischen war er längst gestorben.

»Ja, SCHRECKLICH!«, hatte meine andere Großmutter gesagt, mit weit aufgerissenen Augen, und den Kopf geschüttelt, um dann doch nur fortzufahren mit ihrer Erinnerungsarbeit, Urlaubsziele in die richtige zeitliche Reihenfolge zu bringen oder entfernte Verwandte in ihr jeweiliges Umfeld einzuordnen. Sobald sie wieder bei deportierten Nachbarn, bombardierten Häusern, toten Kindern, manchmal auch nur versäumten Lebensträumen, tragischen Liebesgeschichten landete, unterbrach sie sich: »SCHRECKLICH!«; zuweilen bevor sich erahnen ließ, welches Unglück oder Verbrechen sich diesmal andeutete oder ob sie das selbst nicht (mehr) wusste und sich ihr Entsetzen einzig darauf bezog. Und ich verstand damals überhaupt noch gar nichts, obwohl die ersten zeithistorischen Kinderbücher mich bereits erreicht hatten, aus einer ganz anderen Welt. Später, als sie tot war und ich mehr über die Vergangenheit und ihr Leben in dieser Vergangenheit erfuhr, schockierte es mich zwar, von *Arisierungs*gewinnlern abzustammen; gleichzeitig war ich froh über jeden Anhaltspunkt, der mir half, die Irritation, die von dieser Großmutter ausgegangen war, einzuordnen. Allerdings konnte ich seitdem an sie nur noch in diesem Zusammenhang denken, jede ihrer Erinnerungen, an die ich mich (immer gründlicher informiert) erinnerte, war kontaminiert von dem Wissen, in welcher Zeit sie soviel gelitten, gestritten, gefeiert, gelacht, gehofft, geboren und gearbeitet, sich erholt, Lebensmittelmarken, die Wohnung, die Einrichtung *organisiert* hatte, auch wenn es später noch um andere Wohnungen gegangen war, um ganz andere Möbel. In Filmen, historischen Wochenschauen stieß ich auf Musik, die ich meinte, als Kind von meiner Großmutter gehört zu haben, unvermittelt, bruchstückhaft gesummt, und immer gab es darüber Streit (an den ich mich besser erinnern konnte als an konkrete Melodien); die für mich als Kind undurchschaubare Unterscheidung, welche Lieder erlaubt waren und welche schon lange nicht mehr, fiel ihr im Alter schwer, sie hatte diese Töne nun einmal im Kopf, ja, SCHRECKLICH,

schrecklich, schrecklich, und im Nachhinein verstand ich immer besser, warum mein Vater gegen diese Familie nur hatte rebellieren können und sich dem Ende der 60er Jahre weitverbreiteten Protest gegen Hitlers Machtergreifung anschließen musste.
Bei der Beerdigung dieser anderen Oma (ihr Mann, mein Großvater, war vor meiner Geburt bereits gestorben) hatte ich ratlos danebengestanden. Ich fühlte mich zu keiner Emotion verpflichtet, als Kind brauchte ich nicht einmal schwarz zu tragen, hatten meine Eltern entschieden. Erst als eine mir unbekannte Frau meinem Vater ihr Beileid aussprach, mit geweiteten Augen das eine Wort murmelte, das ihr einfiel: »Schrecklich!«, und ergriffen mit dem Kopf wackelte, zuckte ich zusammen und drückte mich an meine Mutter. Und als aus dem Irgendwo dumpfe Blasmusik ertönte, erwartete ich angespannt Auseinandersetzungen über die Melodie. An eine Trauerpredigt dagegen kann ich mich nicht erinnern.

Jan schien neben mir auf angemessenere Weise weit weg (immer seltener fragte ich mich, ob seine Angewohnheit, zuweilen in sich zu verschwinden, unsere Beziehung gefährdete oder stabilisierte. Obwohl es mich irritierte, wenn er mich wieder einmal so friedlich anschaute, als wäre da niemand). Am Grab hielt er sich abseits, schräg hinter mir. Als jemand zum Kondolieren auf ihn zukam, zuckte er zurück; er hatte meine Großmutter in den Jahren, die wir nun zusammen waren, nur einmal gesehen, und auch ich bildete mir ein, seine Großeltern inzwischen besser zu kennen als meine eigene Oma. Dennoch zog ich ihn zu mir heran, ich stand allein genug. Mein Vater neben mir machte immer wieder unentschiedene Schritte auf das offene Grab zu, wo meine Mutter weder für ihn noch für mich Blicke hatte; sie stützte meinen Opa, daneben meine Onkel, so wie ich sie kannte; doch wirkten alle vier in diesem

Familienbild von einem Vater und seinen Kindern schockartig gealtert. Eingefroren, erstarrt selbst meine versammelten Cousins, was waren wir alle groß geworden, hochgewachsene Figuren in schwarzen und anthrazitfarbenen Mänteln, ernste Gesichter, die Tanten, Freunde, Bekannten, eine Nachbarin mit einem so grellbunten Halstuch über ihrem grauen Cape, als wolle sie damit etwas sagen. Oder habe hinterher noch etwas vor.

Auf dem Weg zum Gasthaus fand der Nachwuchs zusammen. Die Beine liefen sich warm, das Grüppchen um den Großvater ließen wir schnell hinter uns. Ein Hinterzimmer war reserviert, ein niedriger getäfelter Raum. Ich saß zwischen Jan und meinem Cousin Lukas, den ich das letzte Mal vor meinem Schuljahr in den USA gesehen hatte; so lange hatte es schon kein gemeinsames Osterfest mehr gegeben. (Nur im Internet war ich einmal auf ihn gestoßen und hatte so wieder begonnen, etwas über ihn und seinen Bruder Markus zu wissen.) Wir nickten einander zu, warteten auf unsere Eltern. Mein jüngster Cousin Felix fühlte sich zu einer resümierenden Erinnerung an die Großmutter verpflichtet: vor allem an ihre Sudokuleidenschaft in den letzten Jahren (von der ich wenig mitbekommen hatte; aber gut, er hatte sie sogar zu Weihnachten noch erlebt). Wir schwiegen und nickten. Jemand sagte etwas über die menschliche Lebenserwartung allgemein. Ich schaute aus Langeweile auf die Speisekarte und bekam Hunger, traute mich aber nicht, etwas zu bestellen. Ich fragte mich, was die anderen fühlten, wenn sie an unsere Großmutter dachten. Meine Trauer war immer noch nicht zur Stelle; ich verspürte höchstens (wie im ersten Moment, als ich die Todesnachricht gehört hatte) ein dumpfes Gefühl von Überrumpelung, weil der letzte Notarzteinsatz einmal kein blinder Alarm gewesen und nun tatsächlich eingetreten war, womit alle seit Jahren gerechnet hatten.

Um irgendwie ins Gespräch zu kommen, begann ich Lukas und Markus Fragen zu stellen (obwohl ich doch längst wusste, dass der eine seine Zeit mit selbstzusammengeschnittenen Punk-Pop-Videos verschwendete und der andere auf verschiedenen Computerspielebörsen; allerdings kam beides gar nicht zur Sprache); überwiegend verschwendeten sie ihre Zeit mit Website-Optimierung (was sich hinter der Bezeichnung verbarg, würde mir die zuständige Suchmaschine am Abend erst erklären) beziehungsweise Biochemie: »Na ja, wir machen da schon Gentechnik«, erläuterte Markus mit einem Blick, der Überdruss signalisierte (und so würden Jan und ich erst hinterher, ohne Markus, unsere Mutmaßungen anstellen, ob dieser Überdruss durch zu viele Diskussionen mit schwach informierten und umso voreingenommeneren Gesprächspartnern oder im Gegenteil durch all die unterlassenen Streitgespräche entstanden sei, in denen er nie die Chance bekommen habe, über konkrete Forschungsprojekte zu berichten und darüber, wie sein Laboralltag sich zu gesetzlichen Bestimmungen, Bedürfnissen, Fantasien und Ängsten in der Gesellschaft verhalte; weil alle – so wie wir – aufs Stichwort hin (unnötig betreten) schluckten und (höflich, desinteressiert oder nur konfliktscheu) lächelten und so nie erführen, welchen Beitrag gegen Krebs-Diabetes-Alzheimer-Mukoviszidose-Aids oder lediglich für forensische Technologien, für die Lebensmittelindustrie oder die Waschmittelproduktion die Verwandtschaft leistete).

Allmählich traf der Rest der Trauergesellschaft ein. Die Älteren demonstrierten ihre Begräbnisroutine; sie tauten schneller auf. Zwischen den Holzwänden wurde es laut. Nachdem alle saßen, Speisekarten die Runde gemacht hatten, Essen und Getränke bestellt waren, erzählten Großtanten, Nachbarn, lebenslange Freundinnen in mal besinnlichem, mal energischem Ton Geschichten über meine Großmutter, in denen meist sie selbst die Hauptrolle spielten; von den zahlreichen weiteren Mitwirkenden waren die wenigsten noch am Leben (was jeweils kommentiert, oft auch korrigiert wurde, zuweilen mit unklarem Endergebnis; für eine Großtante lag grundsätzlich alles »bald zwanzig Jahre« zurück, für die andere nur zehn): Erinnerungen an eine Zeit, in der jede Portion Zucker ein Abenteuer bedeutete, jedes Stück Butter ein Erlebnis. Die Augen meiner Mutter blickten ziellos. Mein Vater nickte etwas zu mechanisch (aber ich begann, seine Suche nach dem ultimativen Olivenöl in einem neuen Licht zu sehen).

Dann kam unser Essen, der Blutzucker stieg, die Gesprächsthemen wechselten; als es um Fernreisen ging, mischten sich auch die Jüngeren ein. Felix und seine Freundin wollten durch die USA fahren (als ich ihnen vorschlug, Jan nach persönlichen Spezialtipps zu fragen, warf der mir einen schnellen Blick so voll Überraschung, Ablehnung, ja, Panik zu, dass ich zweifelte, richtig gesehen zu haben. Verwirrt empfahl ich John Steinbeck als Lektüre. Danach erst Kerouac). Meine Onkel planten Urlaub in Kuba beziehungsweise Vietnam und Kambodscha, ließen sich aber auch von unseren Frankreich-oder-Spanienideen erzählen. Selbst der Großvater zeigte mildes Interesse. Gefragt, ob er mitfahren wolle (mit irgendwem, irgendwann, später einmal), sackte er wieder in sich zusammen.

»Na ja, der hat ja noch von selbst was erlebt, sozusagen zu Hause«, murmelte Lukas (womit er schwerlich den Tod der Oma meinte, sondern die Zeit, in der der Opa aufgewachsen war; das letzte Aufgebot der Wehrmacht, aus dem er sich nicht schnell genug ergeben hatte, um als Deserteur gelten zu können; die Kriegsgefangenschaft: es habe ihm, hatte er oft beteuert, gefallen bei den Amerikanern, im Lauf der Zeit). »Wir dagegen –«

Und ich fragte mich, wo ich gerade saß und wie die Stimmung so schnell gestiegen war; bei der allgemeinen Munter-

keit konnte ich nicht mithalten. Im Gegenteil schien es mir, als könnte ich jetzt allmählich anfangen, um meine Großmutter zu trauern, wenn man mich nur ließe.
Prompt wandte sich das Interesse mir zu, einsilbig beantwortete ich ein paar Fragen nach Befinden und Fernbeziehungsaufwand (ob wir Kinder planten, was wir in den unterschiedlichsten, selten passenden Zusammenhängen immer ungenierter gefragt wurden, wollte hier im Familienkreis niemand offen wissen). Eine Großtante fragte nach meinem Studium und wunderte sich, dass das »auch schon wieder« vorbei war. Noch mehr wunderte sie sich über meine Arbeit: »Du hilfst bei Dreharbeiten? Und dafür hast du studiert?«
Ich versuchte zu erklären, dass ich für manche Drehs zwar die Cateringfirma beauftragen, aber nicht selbst am Set Kaffee kochen müsse. »In der Hauptsache vermitteln wir Drehorte – sozusagen die Vorarbeit fürs Szenenbild. Und sind deshalb ständig auf der Suche nach ziemlich speziellen Locations. Da braucht man schon historisches Wissen. Und einen Blick für Architektur –«
»Aber das hast du nicht studiert!« Da kannte sie sich auf einmal aus.
»Es geht eher darum, zu erkennen, was gut ins Bild und natürlich zum jeweiligen Projekt passt. Und auch wo sich überhaupt drehen lässt, ohne unverhältnismäßigen Aufwand –«
Nun mischte sich die andere Großtante ein: »Organisationstalent! Ja, darauf kommt's an!« Sie nickte mir so ermutigend zu, dass ich mich fragen musste, ob darin wirklich meine Stärke lag. Allmählich lernte ich Markus' Überdruss verstehen; normalerweise war es eine dankbarere Aufgabe, Details der Film- und Fernsehproduktion auch (ja, gerade) einem uninformierten Publikum nahezubringen.
Ich versuchte es mit einer bewährten Anekdote zu einem Sonntagabendkrimi, den wir vor einiger Zeit betreut hatten.

Die Besitzer der retrofuturistischen Maisonette-Innenstadtwohnung, in der es (ohne nennenswerte Schäden am Designteppich) zum Showdown gekommen war, hatten einen breit vernetzten Bekanntenkreis: »Seit der Ausstrahlung versuchen uns alle ihr Wohnzimmer oder wenigstens ihr Wochenendhaus aufzudrängen, inklusive Ideen, wo die Leiche liegen könnte.« (Und noch bevor das Wort *Leiche* ausgesprochen war, wurde mir heiß und eisig zugleich.)
Doch zumindest die zweite Großtante schien nichts dabei zu finden, auf einer Beerdigung über Menschen zu plaudern, die, nur um eine Krimihandlung auszulösen, ihr Leben lassen müssen: »Ich finde das cool. Du machst schon deinen Weg. Seine Träume leben. Darum geht es doch.«
Ich nickte benommen. Und versteckte mich hinter Geschichten über meine Chefin, die für das alles verantwortlich war: ich begann mit unserer ersten Begegnung, meinem Vorstellungsgespräch, bei dem vor allem sie geredet hatte. Einfühlsam hatte sie sich in die Rolle einer Berufsanfängerin versetzt, die sich noch nicht festgelegt habe, die auch etwas ganz anderes machen könnte, für die nicht alles zu spät sei: »Denn man muss doch etwas tun! Aber man versandet… man versteift! Wenn ich die Zeit hätte, würde ich alles einmal rausschreien. Die Leute aufrütteln! Der Welt die Meinung geigen! Meine eigenen Filme drehen! Und Bücher schreiben: Pamphlete! Alles nur Pamphlete!«

Der einzige, der nicht lachte, war der Großvater. Resigniert, nicht einmal verzweifelt über das Leben um sich herum, so sah ich ihn da sitzen, allein mit dem, was geschehen war. Ich bewunderte ihn für seine Trauer und hätte ihn doch gern getröstet – nur auf keinen Fall weiter aufgeheitert. Ich musste alles tun, um die Munterkeit im Raum zu dämpfen. Ich kam auf das große Erdbeben zu sprechen. Es wirkte. Alle nickten

betroffen. Und fühlten sich erinnert an andere ferne Katastrophen, die im Gespräch schnell näherrückten; die meisten Anwesenden kannten Zeugen und Opfer des großen Weihnachtstsunamis, mehr oder weniger persönlich.
Doch die Trauerstimmung war nicht zu retten. Je mehr Tote wir aufhäuften, desto einsamer saß der Großvater da mit seinem Schmerz um seine eine Frau; man kam nun gar nicht mehr zu ihm, durch die Leichenberge.

Auch meine Chefin war unterwegs gewesen, am nächsten Morgen saß sie zufrieden im Büro, frisch zurück aus einer ganz anderen Welt. Wie immer trug sie schwarz, was mir schon lange nicht mehr aufgefallen war und mich heute zum ersten Mal störte. Beschwingt berichtete sie von ihren Erlebnissen in Berlin: Guy Ritchie (für mich vor allem Madonnas Exmann) hatte seinen neuen Film in Deutschland präsentiert, und sie war dabeigewesen, bei der Pressekonferenz: »in einem Raum mit Robert Downey Jr.!« (Für sie immer noch Ally McBeals Traummann, auch wenn sie das mit hochprofessionell gemeinten Kommentaren über seine schauspielerische Vielseitigkeit verbrämte.) Verschwörerisch senkte sie die Stimme: »Ich habe die Adresse seines Agenten. Und mit dem deutschen Verleiher hatte ich ein seeeehr gutes Gespräch. Ja, ich habe ein paar Dinge angekurbelt – da kündigt sich was an! Nach der Berlinale verrate ich dir mehr.« Triumphierend schwenkte sie einen Stapel Visitenkarten. »Meine Heimat ist doch das Kino.« (Tatsächlich gab es in ihrer Vergangenheit erstaunlich enge Verbindungen zu erstaunlich namhaften Filmkunstschaffenden; was ihrem postpubertären Blick auf die Branche erstaunlich wenig hatte anhaben können.) »Dagegen dieses Fernsehzeug«, fuhr sie fort, »all diese Kommissare! Da ist doch kein einziger Ermittler von Format dabei! Und es werden immer mehr! Am Ende werden die sich noch gegenseitig killen!« Sie lachte, als sei es bereits soweit. (Und irgendwann würde sie schon recht bekommen.) Dann wurde sie so seriös, wie es die Wiedergabe gewichtigen Produzentensmalltalks verlangte: »Die Filmwelt ist im Umbruch! Man muss global denken! Und gleichzeitig regional – das ist der Witz! Nur so kann man unsere kleine Welt noch zeigen, den ganzen *Wahnsinn*!« Begeistert nickte sie mir zu. Beim Versuch, ihr Strahlen wenigstens mit einem kleinen Lächeln zu erwidern, musste ich husten. Besorgt fragte sie nach meiner Gesundheit, dann fiel ihr ein, weshalb ich mir den Vortag freigenommen hatte, und schon prasselte ihr Beileid auf mich ein. Noch unerträglicher wurde ihr Mitgefühl, als sie sich mit derselben Wucht für ihre Gedankenlosigkeit selbst zu beschimpfen begann – bis sie auf einmal innehielt und hektisch anfing, im Kalender zu blättern, im Computer zu suchen; schließlich griff sie zum Telefon. Während ich ihre nicht an mich gerichteten Entschuldigungen hörte, dämmerte mir, dass die zuständige Produktionsfirma auf erste Infrastrukturdaten für die *Living history*-Nachkriegsserie wartete; wieder ein Termin, den ich nicht mitbekommen hatte, obwohl mich das Projekt seit Monaten beschäftigte. Ich öffnete den zugehörigen Ordner: das sah nach Arbeit aus, akribisch anrecherchiert, voller Fragezeichen. Ich klickte mich durch die provisorische Fotostrecke, sortierte ein paar Bilder aus; bestaunte einen Zeitplan aus dem letzten Jahr, dessen Vorgaben sich längst erledigt hatten, der mir jedoch irritierend bekannt vorkam. Ich sichtete Unterlagen, Notizzettel und versuchte, möglichst viele Informationen zu vervollständigen. Und fühlte mich hilflos: das war eins meiner Projekte, aber da der Kontakt zu Produzenten und Redaktionen über meine Chefin lief, wusste ich selten genau, worauf es ankam; und ich verfluchte die mobilen Kommunikationsmöglichkeiten, die verhinderten, dass ich wenigstens zufällig in ihrer Abwesenheit an Informationen kam. Auch jetzt konnte ich wenig tun außer warten, bis sie wieder auflegte; mithören, wie sie um gute Stimmung kämpfte, routiniert flirtete; in Berlin auf einmal eine wesentlich wichtigere Rolle gespielt hatte als noch eine Stunde zuvor. Schließlich erzählte sie ihrem Gesprächspartner, der sich das anscheinend ebenfalls als Arbeitszeit anrechnen konnte (sonst wäre er kaum so geduldig geblieben), sogar von dem Film, in den sie zwei Wochen zuvor zufällig hineingeschaltet hatte: die Räume, die Ausstattung seien perfekt gewesen! So authentisch, so stilecht: einfach großartig – bis auf ein paar Kleinigkeiten natürlich, die ihr gleich aufgefallen seien; erst zum Schluss habe sie mitbekommen, dass das ein Original-70er-Jahre-Film gewesen sei… Ich hörte die Geschichte zum achten Mal und wollte gar nicht so deutlich vor Augen geführt bekommen, wie Selbstironie sich abnutzen kann. Endlich reduzierte sie die Sprechgeschwindigkeit, ich hoffte auf ein Ende des Gesprächs, doch es wurden noch unterschiedlich aktuelle Treatmentfassungen hin- und hergemailt, mit plötzlicher Entschiedenheit Prioritäten gesetzt und wieder verschoben, dann erst kam es zur Verabschiedung – und sofort zu einem weiteren Telefonat: nun rief sie eine befreundete Kostümbildnerin an, um sie nach ihren Erfahrungen mit dieser Produktionsfirma zu befragen, sich des zeitlichen Toleranzrahmens zu vergewissern und sich ein wenig zu verlieren in selbststabilisierendem Spott über den Perfektionismus einer gemeinsamen Bekannten, die auch ohne Zeitdruck an einem solchen Projekt verzweifeln würde. Danach wandte sie sich endlich mir zu: »Verdrängst du auch immer genau das, was eigentlich am dringlichsten ist?« Ich stimmte zu, es hörte sich naheliegend an, fand allerdings ihr Kichern eine Spur zu selbstzufrieden.

In den folgenden Stunden ergänzten wir unsere Unterlagen, verifizierten Adressen, aktualisierten Verfügbarkeiten; was sich nicht klären ließ, sortierten wir aus, so entschied sich viel von selbst; den Rest klärten wir mit dem Szenenbildner ab (der gerade einen Drehort für ein anderes Projekt besichtigte und so erst Wochen später bemerken sollte, wie dünn und substanzlos unsere Vorauswahl war und wieviel es noch nachzurecherchieren gab). Auf einmal konnte die Chefin sich am Telefon kurz fassen, auf einmal funktionierten unsere Absprachen. Und ich ließ mich durch den Zeitdruck gern zu konzentrierter Arbeit zwingen; zu liefern, was bestellt war, schien mir ein ungewohnt angemessenes Verhalten, eine beruhigende Abwechslung. Wenn es darauf ankam, arbeiteten wir nicht schlecht zusammen; dann entschuldigte ich auch den Arbeitsstil meiner Chefin mit den vielen Jahren, in denen sie allein in diesem Büro gesessen und ihre ganz eigenen Gewohnheiten herausgebildet hatte. Und obwohl es immer später wurde und ich wusste, dass ich nie dazu kommen würde, meine Überstunden abzubauen, war am Ende ich es, die darauf bestand, alles noch einmal durchzugehen, und sie war es, der ein ungeklärtes Detail und mehrere Flüchtigkeitsfehler auffielen. Schließlich füllten wir die Unterlagen noch mit unseren Standardinformationen zu lokalen Castingagenturen, Technikern, Werkstätten und Cateringfirmen und dem Material der Tourismusbüros von Stadt und Landkreis auf (denen es darauf ankam, die gepflegte Altstadt, die idyllische Landschaft so oft wie möglich in irgendein Bild zu bringen). Und holten – immer noch gemeinsam – die ausgefallenen Mahlzeiten des Tages (»auch eine Diät!«, juchzte sie) im benachbarten Bistro nach. Ihr Alltag, »was bei uns an einem normalen Tag so passiert!«, das sei »*Wahnsinn*!«, daraus müsse man einen Film machen!

»Eine Serie«, nickte die Kellnerin, die diese Bemerkung nicht zum ersten Mal hörte (und das – innenarchitektonisch unspektakuläre – Lokal befand sich auch längst als Drehort in unserer Kartei). Meine Chefin schüttelte die Locken und stieß stolz auf ihr selbstfabriziertes Chaos an (in dem ich sie nur zu gut ergänzte, das war mir bewusst; auch dass sie es mir viel zu leicht machte, ihr die Schuld für meinen Arbeitsstil zuzuschieben. Doch ich nahm mir vor, später aus ihrem Verhalten genug gelernt zu haben, um selbst alles anders zu machen, wenn ich einmal in verantwortlicher Position arbeiten würde – denn damals bildete ich mir noch ein, mit solchen Herausforderungen rechnen zu müssen).

Spät in der Nacht erzählte ich Jan am Telefon von meinem Arbeitstag. Er hörte geduldig zu, und nur ein sehr leises Geräusch verriet mir, dass er nebenbei am Computer spielte. Warum nicht; ich redete weiter, zu welcher – zweifellos unterhaltsameren – Bildspur auch immer; ab und zu hörte ich seine Finger auf der Tastatur, zu zart, zu diskret, um ungehemmt nachfragen zu können. Und darauf kam es auch nicht an; ich wollte doch nur reden, und ich redete weiter, ein wenig aufmerksamer als zuvor, das schon, so hörte ich mich reden, hörte bekannte Worte, unsäglich mechanische Jammerei (da konnte er noch so oft versichern, meine Chefin unterhaltsam zu finden), hörte mich seit über drei Jahren täglich dasselbe sagen und hörte mich in den nächsten vierzig Jahren immer dramatischer jammern, Tag für Tag, allmählich seltener über die Leiden der Fremdbestimmung, dafür immer verbitterter über all die Zeit, die Energie, die Ideen, das Wissen, die Erfahrung, das Organisationgeschick, die Genauigkeit, all die internen Kontrollen, die beständige Evaluierung, das hohe Maß an Kritikfähigkeit und meinetwegen auch an Begeisterung von so vielen Beteiligten, die da wieder und wieder zusammenfließen und in der Banalität der fernsehgerechten heimischen Filmproduktion versickern würden. Ein Fluch schien über der Branche zu liegen, der Fluch der Quotenfixierung, der ängstlichen Antizipation des angeblich Gängigen und des gleichzeitig selbstzufriedenen Suhlens in einer gemästeten, bei genauerer Betrachtung jedoch aus erschreckend vielen erschreckend prekär arbeitenden

Möchtegerns zusammengesetzten Szene. Und ich wusste, dass das ein Ende haben musste; auch wenn ich darüber nicht weiter redete. Ich hatte Jan bisher nicht einmal gestanden, dass ich sogar die Gerichtslaube, trotz Parkhausausfahrt, als Drehort vermittelt – und mich darüber noch gefreut hatte. Inzwischen war die *Romantic Comedy* abgedreht, bei der Preview schämte ich mich. Und es erleichterte mich wenig, dass Jan sich so etwas ohnehin niemals anschauen würde.

Meine Arbeitssuche kam jedoch nur stockend in Gang. Zunächst bewarb Jan sich (nach einigem Zögern) auf eine unbefristete Stelle bei einer parteinahen Stiftung (auf einmal sah sein Lebenslauf sozial und engagiert aus). Solange da nichts entschieden war, traute ich mich nicht einmal, unseren Urlaub zu planen. Nur eine Bewerbung schickte ich ab. Obwohl ich die Ausschreibungskriterien nur bedingt erfüllte, konnte ich die Chance auf einen Job in derselben Stadt, in der nun auch Jan möglicherweise landen würde, nicht ungenutzt verstreichen lassen, mehr noch: ich sah es als verheißungsvolles Zeichen, dass mir diese Stellenanzeige vor Augen gekommen war; dass ich bei gründlicherer Recherche auch etwas Passenderes hätte finden können, daran verschwendete ich keine Gedanken.
Auch Vincent suchte neue Perspektiven. Sandra hatte diese Phase hinter sich und verschwendete ihre Zeit in einer Literaturagentur. Meret und ihr Freund verschwendeten viel Zeit auf der Suche nach baufälligen Häusern auf dem Land, um postperformative Formen des Zusammenlebens zu probieren (das Wort *Kommune* mieden sie; *WG mit Gästen* klang ihnen wiederum zu banal, *family & friends* noch schlimmer, *situationistische Hausgemeinschaft* geradezu putzig; aber schließlich befanden sie sich noch *in progress*). Sascha interessierte sich für den Islam und betonte, damit nicht provozieren zu wol-

len. Annkathrin plante ihre Hochzeit (mit irgendwem) und verschwendete regelmäßig Zeit mit Vorsorgeuntersuchungen. Es war die Zeit, in der Hiltrud das Studium abbrechen und Hebamme werden wollte oder Reitlehrerin und glücklich. In der Anna jeden Montag zu ihren Eltern fuhr, um mit ihnen gemeinsam zu demonstrieren. In der Gabriella täglich neue Bestzeiten veröffentlichte (in Disziplinen wie Laufradfahren, Tomatensaucenweitkleckern und Schluckauf) und Daniela zarte Landschaftsansichten in ihrem Fotoblog. In der Olivia *die Wahrheit über 9/11* und *die Impflobby* verlinkte und Annalena auf all ihren Online-Kanälen ihre (in welcher Zeit geschriebenen?) nicht weniger als sechs Ratgeberbücher bewarb. In der Patrizia soviel Zeit im Kino verschwendete, dass sie ihre Drehbuchdeadline verpasste. Veronique dagegen verschwendete ihre Zeit stets pünktlich mit Sport- und Kunstunterricht an einer freien Grundschule. Fabian verschwendete seine Zeit in der Erwachsenenbildung, bis er merkte, dass auch vier Volkshochschulkurse in der Woche sein Konto nicht ausreichend füllten. Alle konnten verstehen, dass Ulrika noch einmal angefangen hatte zu studieren, aber niemand, dass sie auch wieder in der Mensa aß.

In diese Zeit hinein stürzte ein polnisches Flugzeug vom Himmel, ganz unabhängig von den (im Nachhinein relativierten) Gefahren durch einen isländischen Vulkan, dessen Aschewolken einige Tage später den europäischen Luftraum blockieren und gefühlt die halbe Welt ins Chaos stürzen würden (das erst in den Jahresrückblicken wieder eine Rolle spielen sollte). Kurz darauf explodierte im Golf von Mexico eine Ölplattform (bis in den Herbst hinein würde das Öl ins Meer sprudeln, von den Spätfolgen würde noch lange die Rede sein – vereinzelt). Und Annas Protest entwickelte sich allmählich zu einem überregionalen Ereignis.

Ich dagegen wurde nur zu einem Vorstellungsgespräch eingeladen. In Gedanken richtete ich bereits unsere gemeinsame Wohnung in der Stadt ein, in die ich nun zum ersten Mal fahren sollte. Ich kam pünktlich an, freute mich über das Wetter (obwohl auch zu Hause Frühling war), selbst der unübersichtliche Bahnhofsvorplatz mit dem schäbigen Kiosk, den überfüllten Fahrradständern, den fahrlässig schwach markierten Fahrspuren für Busse und Taxis kam mir attraktiv vor (nicht nur aus Gewohnheit fragte ich mich, was für Filme hier beginnen könnten). Ich fand den richtigen Bus und war zehn Minuten zu früh vor dem großen spiegelgläsernen Gebäude. Ich folgte einer zierlichen jungen Frau durch die Drehtür und hielt sie spontan für eine Mitbewerberin; dann fiel mir ein, dass man uns kaum zur selben Zeit zum Interview bestellt hätte. Die Selbstverständlichkeit, mit der sie durchs Foyer schritt, zeigte zudem, dass sie sich auskannte (und dass sie es gewohnt war, sich in Businesskleidung zu bewegen. Und schon meinte ich, voll Schreck, in ihr eins meiner Alternativ-Ichs zu erkennen, die eine Doppelgängerin, die keine Fehler gemacht und ihre Zeit zielgerichtet verschwendet hätte; und fürchtete den Moment, in dem ich mir, wenige Minuten später, als meine eigene Personalchefin in spe gegenüberstehen würde). Doch sie verschwand (ohne sich einmal umzudrehen) in einem anderen Gang. Und eine verwirrte Version von mir fand den Raum für meinen Vorstellungstermin, wo mich vier wohlwollende Herren in Grau mit gestreiften Krawatten und eine freundliche Dame mit apricotfarbener Bluse begrüßten. Wir setzten uns rund um drei Bürotische, die in ein kompliziertes geometrisches Verhältnis zueinander gerückt waren; es sah aus, als habe jemand versucht, die Ecken zu verstecken. Fünf interessierte Gesichter wandten mir ihre Aufmerksamkeit zu. Und ich fühlte mich durchschaut. Während ich diese Leute von mir und meiner besonderen Eignung zu überzeugen versuchte, hader-

te ich selbst mit meiner Motivation für diese Bewerbung. Ich kam mir unaufrichtig, anmaßend, falsch vor, weil ich nur an mein Privatleben gedacht hatte: ich wollte in derselben Stadt wie mein Freund leben und arbeiten, ich wollte raus aus meinem alten Job und auf bequemere Weise mehr Geld verdienen; der Konzern, mein möglicher Platz darin, meine Arbeit, mein Beitrag interessierten mich nicht (wie mir erst in diesem Moment überwältigend klar wurde). Umso mehr fühlte ich mich zur Heuchelei verpflichtet (die so erst zur Heuchelei wurde), zur berechnenden Strategie, die um ihre Fragwürdigkeit wusste und sich folgerichtig gegen sich selbst wandte. Ich bemühte mich so angestrengt, meine wahren Interessen zu verbergen, dass selbst meine sorgfältige Vorbereitung auf diesen Termin mir nicht helfen konnte; geistesabwesend stotterte ich Banalitäten, ignorierte die Signale meiner Gesprächspartner und vergaß sogar zu erwähnen, wie gern, leidenschaftlich geradezu, ich mich – auch ohne einschlägige journalistische Erfahrung – mit Nachrichten beschäftigte.
Im Nachhinein würde ich mich an dieses Gespräch allerdings nur lückenhaft und verzerrt erinnern; so sehr war es überlagert von den inneren Auseinandersetzungen, mit denen ich mich währenddessen selbst blockierte. Doch so sollte es mich noch verfolgen, als ich längst begriffen hatte, dass dieses interne Unternehmensfernsehen ein weit unpassenderer Arbeitsplatz für mich gewesen wäre als das Location Office. Wenn auch in der richtigen Stadt. Zur richtigen Zeit.

Jans Gespräch verlief erfolgreicher (was seinen Berührungsängsten gegenüber Parteiorganisationen Gelegenheit bot, sich kurzfristig noch einmal voll zu entfalten in ihrer ganzen Halbherzigkeit: als Exstipendiat eben dieser Stiftung hatte er den Zeitpunkt für grundsätzliche Widerstände ohnehin versäumt. Noch während der Probezeit würde er seinen Modus finden, sich zur Parteiendemokratie im Allgemeinen zu bekennen, was das Besondere im Lauf der Zeit immer selbstverständlicher einschließen, seine Zugeständnisse teilweise in Überzeugungen verwandeln sollte). Ich freute mich mit ihm, ich freute mich für ihn, ich freute mich, auf welch hohem Niveau er jammern und seine Restvorbehalte pflegen konnte, ich freute mich, dass nun wenigstens er gut verdiente, ich freute mich über jede Veränderung, ich freute mich auf jeden Besuch bei ihm, ich freute mich auf viele, noch längere Zugfahrten als bisher, ich freute mich, seine neue Stadt jenseits von Bahnhof, Bus und Konzernzentrale mit ihm zu entdecken, ich freute mich auf immer besseres Wetter. Ich freute mich entschlossen einer Zukunft entgegen, die auch mir noch etwas bieten sollte – und würde; so viel Zuversicht brachte ich trotz aller Freude doch auf.

Ich vermisste bereits im voraus meine kleine Wohnung, aus der ich endlich würde ausziehen können. Ich vermisste die Stadt, durch die ich noch jeden Tag zur Arbeit lief, all diese Gebäude, Straßen und Plätze, die ich mich weiterhin bemühte, als Filmkulissen zu vermitteln; vorsorglich betrachtete ich alles, als sähe ich es zum letzten Mal. Ich begann meine Chefin zu vermissen, die ausufernden Arbeitszeiten, unsere routinierte Ineffizienz.

Doch allmählich begann ich auch die unkomplizierten Praktikumsbewerbungen während meines Studiums zu vermissen, diese stressfreien Vorstellungstermine, in denen es um so wenig ging. Ich vermisste das Antiquariat, an dem ich immer noch mehrmals täglich vorbeikam. Ich vermisste die Oper, ich vermisste sogar das Museum. Ich vermisste das Archiv (ich hätte dort gern regulär abgesagt, wenigstens das; aber inzwischen war es selbst dafür zu spät). Ich vermisste die *Kulturkomparserie* (und mehr noch die illusionären Hoffnungen auf Projekte und Kontakte, die damit verbunden waren). Ich vermisste meine Neugier, ich vermisste meine Anspruchslosigkeit, Wahllosig-

keit, Bedenkenlosigkeit, ich vermisste die sonst so verlässliche Angst, irgendetwas zu verpassen (und seien die Arbeitsbedingungen noch so mies). Ich vermisste meine alte selbstbestimmte Unpünktlichkeit.
Ich vermisste ein Dissertationsthema. Ich vermisste Jack Kerouac. Ich vermisste meinen Großvater (den ich jederzeit hätte anrufen und in Gespräche verwickeln können, wie sie sich bisher nur nie ergeben hatten). Ich vermisste meine Großmutter (vermisste die Chance auf eine ungezwungene Begegnung mit ihr – am besten vor dem Verlust der Unschuld durch die vielen Kinderbuchomas, die ihren Enkeln wahre Abenteuer zu bieten hatten oder zumindest ein immergeduldiges Ohr, und gleichzeitig nach der Erkenntnis, dass ein verwöhntes Einzelkind zwei Wochen im Jahr schon einmal spüren darf, dass der Mittelpunkt der Welt gelegentlich woanders liegt – und dass Leibgerichte und Süßigkeiten wenig helfen, solange bestimmt wird, worüber wie zu reden ist). Ich vermisste sogar meine andere Großmutter (vermisste zumindest die Illusion, ihr die richtigen Fragen im genau richtigen magisch-korrespondierenden Moment stellen zu können, kritische, bohrende, zielsicher durch die Zeiten schießende, öffnende, erlösende Fragen – aber für solche Gedankenexperimente meinerseits konnte sie persönlich gar nicht tot genug sein). Und allmählich dämmerte es mir, dass ich ein Kind in meinem Leben vermisste (hielt jedoch Regression für keine gute Voraussetzung für Mutterschaft).

Ich rief Anna an und erwartete eine ihrer üblichen Ermunterungen zu Selbstverantwortung und Optimismus, aber Anna kämpfte in Stuttgart gegen *das System*. Ich hatte bisher nur Bahnhof verstanden, doch nun drängte sie mir noch ein Gespräch über Bäume auf. Es gelang mir nicht, mehr als sehr allgemeine Solidarität für den Stuttgarter Schlosspark aufzubringen, so dass es ihr leicht fiel, mir Sympathien für überteuerte Infrastrukturprojekte zu unterstellen; ganz offensichtlich hatte ich, unpolitisch, lethargisch, bequem, die Brisanz nicht begriffen: »Die machen das einfach!« Aber sie stellte sich dagegen und ließ sich den Spaß beziehungsweise die Wut oder den Spaß an der Wut nicht verderben: »Es ist so toll, dass sich die Leute endlich nicht mehr alles bieten lassen! Und zwar alle! Ganz normale Leute, junge und alte! Alle!« (Die nur leider, wie auch die nächste Volksbefragung zeigen sollte, nicht in der Mehrheit waren.)

Vincent wohnte bereits in Brüssel und ärgerte sich, dass eine Konferenz in Toronto ihn davon abhalten würde, im Juli zur Love Parade nach Duisburg zu kommen. Darauf hätte er sich gefreut – und selbstverständlich auch auf lange Telefonate; er werde sich melden, wenn er einmal Zeit habe.

Also rief ich Melanie an, um mit ihr über Kinder zu plaudern, über Jobchancen für Mütter, vielleicht auch über Stuttgart 21; mehr aus Gewohnheit als aus Höflichkeit erkundigte ich mich zunächst, wie es ihr gehe, freute mich, als sie beteuerte, dass es schon wieder werde, denn es müsse doch weitergehen, allein wegen der Kinder; doch als ich mit einer kurzen, sehr nett gemeinten Bemerkung über Oliver zu meinen Themen überleiten wollte, begriff sie, wie ahnungslos ich war: denn ihr Bruder war ertrunken – WIE BITTE? TOBIAS? SOLL DAS EIN WITZ SEIN? DAS KANN DOCH NICHT, ich meinte, mich verhört zu haben, aber, ja, er war tot, seit Monaten bereits, ich hatte es nur nicht mitbekommen (und kein fassungsloses Nachfragen vermochte ihn wiederzubeleben), und ich konnte Melanie durchs Telefon nicht einmal umarmen; dabei hätte mir das gut getan. So hörte ich bloß sehr nah, viel zu nah, ihr Atmen durchs Telefon, kurze Grüße, bis bald.

Ich durchsuchte das Internet nach Hinweisen und begann es allmählich zu glauben, ich fand die Todesanzeige (es war vor derselben Insel im Atlantik passiert, auf der Jan und ich auch schon Urlaub gemacht hatten) und einige Trauerbekundungen, ansonsten nur alte Posts, viele Fotos, Musik und Videos, die ich mir ergriffen anschaute, obwohl und weil sie so gar nicht auf diesen frühen Tod hinzudeuten schienen. Ich lernte neue Konzepte von Party kennen, Musik, die mir selbst beim vierten Hören wenig sagte, Fitnesstipps und Muskeltricks und immer wieder Attacken gegen die politischen Umtriebe seines Vater (der mir nur noch unsäglich leid tat).
Auch Jan wusste nichts von Tobias' Tod, obwohl er (wie ich bei der Gelegenheit erst erfuhr) in den letzten Jahren den Kontakt zu Melanie und sogar zu Oliver gehalten hatte – bis die beiden ihn als Vermittler hätten einspannen wollen; das sei ihm zu mühsam geworden. Und ich fragte mich nicht einmal, was er mir sonst noch verschwieg, so mitgenommen war ich von dieser Todesnachricht. Dabei wusste ich doch, dass auch junge Menschen jederzeit sterben können. Seit meinem Fahrradunfall hatte ich mir eingebildet, immer und überall auf das Schlimmste gefasst zu sein. Aber mein wiedererwachtes Bewusstsein hatte die Tatsache, dass ich dieses eine Mal davongekommen war, über die Jahre anscheinend missverstanden und mich unbemerkt in umso größerer Sicherheit gewiegt; als ob mir nach einem solchen Erlebnis nichts mehr passieren könnte. Jetzt dachte ich wieder an den Tod. Ich dachte an Tobias (den ich doch kaum gekannt hatte; nur seine vierunddreißig Jahre, die würde ich auch bald erreicht haben). Noch Wochen später sollte ich träumen, die Playlist für seine Beerdigung erstellen zu müssen, und voll Angst aufwachen.

Mitten in meine Trauer hinein starb mein Großvater, ohne Vorwarnung, obwohl bei der Beerdigung (selber Pfarrer, wärmeres Wetter) es alle geahnt haben würden (dieselben Gesichter, nur eine Großtante fehlt – »entschuldigt« –, die andere sitzt – »ja, das Leben geht weiter« – im Rollstuhl, man kennt sich besser als das letzte Mal, findet gleich etwas zum Anknüpfen und erreicht schneller den toten Punkt). Ich dachte an Tobias. Mein Großvater war gestorben (meine Mutter, von meinem Vater mit seinen beiden Händen an ihrem Ellenbogen halb gehalten, halb gestützt, Müdigkeit im Gesicht, wir sprechen von der langen Anfahrt, von Sonderurlaubstagen), und ich dachte an Tobias, ich konnte nur an diesen frühen Tod denken; dann auf einmal an Jans Großeltern (schrecklich, dachte ich. Und erschrak).

»Wie geht's dem Kind?«
»Welchem Kind?«, sagte ich überrascht. [...] »Was für ein Kind? Habe ich ein Kind? Glauben Sie mir, das höre ich zum ersten Mal.« [...]
»Aber das erzählst du doch in deinem Roman [...]«.
»Ach so.« [...] Ich überlegte, ob ich mich berichtigen und diesem Kind [...] Wirklichkeitsstatus verleihen sollte.
(Javier Marías, *Schwarzer Rücken der Zeit*)

Ich verschwendete mehr und mehr Zeit damit zu fürchten, meine Zeit ernsthaft zu verschwenden. Ich dachte an Tobias. Und wünschte mir ein Kind (später, während der Schwangerschaft, würde ich an ihn denken und Angst bekommen, es wieder zu verlieren; schon würde mich kaum noch bekümmern, was er alles versäumte, seine ungelebten Jahrzehnte sollten verblassen neben dem Schmerz seiner Eltern. Von dieser Elternseite würde ich nicht wieder wegkommen, aber die Angst würde sich legen, mit abflauendem Hormonpegel nach der Geburt, mit der Zeit. Auch Urlaub am Meer wäre wieder möglich, beinahe gedankenlos).
Ich begann Folsäuretabletten zu schlucken und verschwendete viel Zeit mit Zeitungsartikeln zu Erziehungsfragen und Entwicklungsstörungen (dafür brauchte man kein Zielgruppenmagazin zu lesen, die *Vereinbarkeits*diskussion war überall im Gang, zumindest nahm ich es so wahr, in dieser Zeit). Nur mit Stellenanzeigen befasste ich mich noch intensiver. Und mit Mietangeboten. Jedes Wochenende ging ich mit Jan auf Wohnungssuche.

Es war überfällig, dass wir zusammenzogen. Selbstverständlich war es auch gefährlich: wir riskierten etwas! (Auf unsere vorsichtige Art.) Nachdem wir uns über die Jahre daran gewöhnt hatten, einander regelmäßig zu vermissen, konnten wir uns kaum vorstellen, wie sich diese Spannung in einer gemeinsamen Wohnung würde aufrechterhalten lassen. Die Entfernung zwischen unseren Wohnorten war mühsam, teuer und lästig, aber sie bot uns kostbare fünf Tage Sehnsucht in der Woche. Keine Unstimmigkeit kam dagegen an; nach spätestens drei Tagen lebte ich aufs nächste Wiedersehen hin (und Jan behauptete, dass es ihm genauso gehe; und das bei ungleich befriedigenderer Arbeit). Manchmal wurde die Sehnsucht so groß, dass ich im Zug, kurz vor der Einfahrt in den Bahnhof, befürchtete, sie würde sich als fauler Zauber entpuppen, kein Wiedersehen (eins von so vielen Wiedersehen) könne dieser Erwartung standhalten; aber dann war ich zu sehr damit beschäftigt, ihn auf dem Bahnsteig zu entdecken, um mir weiter Gedanken zu machen. Und immer fand ich die Sehnsucht wieder, manchmal gelang es mir, ihn mitten in seinen Armen zu vermissen, es reichte ein einzelner ausweichender Blick, Momente des Zögerns (die mir, hätten sie gefehlt, an ihm doch gefehlt hätten).

Noch sprach ich das Wort *Kinderzimmer* nicht aus. Wir brauchten einfach *Platz*. Als der Platz schließlich da war und halbleer auf mich (und alles, was noch kommen sollte) wartete, fehlte mir immer noch ein Job. Und ich hatte mir die Reihenfolge *Wohnung – Arbeit – Umzug – Kind* nun einmal in den Kopf gesetzt. Aber schon hüpften meine Gedanken beim Abschicken jeder neuen Bewerbung nicht nur zu dem Moment, in dem ich Jan von der Zusage erzählen würde, sondern gleich weiter zum anschließenden positiven Schwangerschaftstest; vorsorglich hatte ich bereits ein Stäbchen gekauft, obwohl wir weiterhin verhüteten – weil ich über meinen Kinderwunsch noch kein einziges Wort verloren hatte. Bisher hatte ich das Thema nicht einmal gestreift, nur oberflächlich gelacht, wenn

andere uns darauf angesprochen hatten. Doch nun wurde ich ungeduldig.
Auch Jan spürte, dass es Zeit wurde; selbst wenn er nicht ganz die passenden Worte fand: Die neue Wohnung sei so leer, »die Tauben fangen bereits an, auf dem Balkon zu nisten.«
»Du brauchst also eine Hausfrau als Vogelscheuche?«, fragte ich.
Doch am Wochenende sollten die Tiere mich ebenfalls rühren, in ihrer zusammengeplusterten Zärtlichkeit, in ihrer Besessenheit, auf dem Waschbetonboden unseres kleinen Balkons zu nisten, gleichgültig, wie oft wir sie verscheuchten und Ästchen und Zweiglein aus ihrer einmal gewählten Ecke wieder entfernten. Wie fremdgesteuert flogen sie immer wieder diese eine Stelle an, setzten sich bereits zum Probebrüten (bis wir sie schließlich doch mit einer ganzen Invasion an Krähenattrappen würden verschrecken oder eher verdrängen können. Um den bis dahin angefallenen Kot müsste Jan sich kümmern, ich würde mich bereits vor jeder Infektion fürchten. Und gleichzeitig die armen Tauben bedauern).
»Sie können nicht anders«, sagte Jan, fasziniert von der kreatürlichen Programmierung. »Wollen wir eigentlich auch ein Kind?« Er schien das mehr sich als mich zu fragen, doch als er meine Antwort hörte, wiegte er nur den Kopf: »D'accord.«
(Und ich merkte, wie sehr ich mit seinem Widerstand gerechnet hatte, war verwirrt, irritiert, ein bisschen sogar enttäuscht. Und glücklich.)

Mir fehlte nur immer noch der Job.
»Gönn dir doch eine Auszeit«, sagte Annkathrin; bei dem Wort musste ich an Fahrradunfall denken. Aber sie hatte ihr Baby inzwischen auf die Welt gebracht, da ging nichts über Rückzug und Ruhe. Und obwohl sie wirklich müde klang und ich bereits ahnte, dass sie sich mit ihrer großzügigen Elternzeitplanung die

Karriere ruinierte (in welchem Ausmaß würde allerdings auch mich überraschen), beneidete ich sie. Ich wollte nicht länger warten (es konnte doch jederzeit alles passieren).
Ich musste das Glück erpressen: »Du hast nur eine kleine Chance!«, rief ich dem Zufall zu. »Also bitte – die musst du nutzen!« Ich kannte genug Geschichten von Freundinnen und Freundinnen von Freundinnen, die im fünften Monat die eine passende Stellenausschreibung gelesen, im siebten das Assessmentcenter ihres Lebens absolviert, zwei Wochen vor der (fristgerechten) Geburt ihre Diplomarbeit abgegeben, auf dem Weg zum Kreißsaal das entscheidende Promotionsstipendium ergattert oder noch im Mutterschutz das Unternehmen gegründet hatten, mit dem sie ungeahnte Marktnischen oder zumindest Lücken in ihrem Lebenslauf geschlossen hatten. Auch für Gabriella hatte sich alles gefügt, beziehungsweise sie hatte sich gefügt, in die Rolle einer Hausfrau mit Hausfrauenblog (doch Festanstellungen im Journalismus waren selten geworden, also riskierte sie für die Zukunft wenig mehr als mit ihrer Berufswahl ohnehin schon. Manchmal musste es eben als Erfolg zählen, sich abzufinden). Bei Marianna hatten die Kinder nach vielen phasenweise aussichtslos scheinenden Umwegen die Karriere (im Jugendfilmbereich) sogar befördert; bei Melanie eher nicht, die wohnte inzwischen mit den Kindern wieder bei ihren Eltern (aber wenn ich an diese Familie dachte, dann ohnehin in Begriffen wie *Unglück* und *Schicksal*).

Ich beschloss, die geplante Reihenfolge zu ändern und sehenden Auges in die Frauenfalle zu rennen, um mit der Wahllosigkeit der Verzweiflung, unter dem Druck der nahenden Geburt an irgendeinen Job, zu irgendeiner Entscheidung zu kommen; obwohl es mir schäbig vorkam, dafür ein Kind zu brauchen (aber war das der passende Grund, auf dieses Kind zu verzichten?).

Wir wussten, was wir taten, als wir aufhörten zu verhüten (obwohl wir keine Ahnung hatten, was auf uns zukommen würde. Aber selbst das wussten wir natürlich; es gehörte dazu).
Wir taten, als sei alles so wie immer, und enttäuschenderweise taten unsere Körper ebenfalls so wie immer; dass wir zögerlicher in Gang kamen (ein bisschen Aufregung, ein Kichern, *touched for the very first time*), dann umso erregter (ein zusätzlicher Kitzel, retardierender, steigernder Thrill (Russisch Roulette?), kein Kichern) ineinander fanden, uns weiter (mögliche Folgen gezielt verdrängend; jetzt keine Verzögerung mehr) aneinander, ineinander rieben, stießen, (in nächster Nähe, fast erfüllter Sehnsucht) keuchten, (alles vergessend) schrien, uns nicht voneinander lösen mochten, zitternd, schwitzend, luftschnappend aneinanderklammerten, mag Einbildung sein, Stilisierung im Nachhinein; nur dass ich anschließend an eine Filmszene denken musste, in der eine Frau nach einem One-Night-Stand mit einem Handstand versucht, die Konzeption zu befördern, den Saft ans Ziel zu bringen, daran kann ich mich noch zuverlässig erinnern.
Dann wurde es ernst. Phantombabys erschienen, ich versuchte mich zu orientieren unter all den Babygesichtern; bis ich bemerkte, dass unser Kind mich ansah (nur daran konnte ich es erkennen): in seinem Blick sah ich mich bereits mit Kinderwagen durch die Straßen hetzen, den Bus verpassen, das Babyschwimmen, die Frühförderung, das Zeitfenster für Urvertrauen und das für Grammatik; meinte in diesem Blick bereits einen Schimmer von Pubertät zu bemerken, dachte an Elternabende, an Fahrradunfälle – »vielleicht verhüten wir das nächste Mal doch wieder?« Aber das wäre nun womöglich schon zu spät gewesen (dass es nicht zu spät gewesen wäre, würden wir erst nach Wochen wissen). Und überhaupt konnte auch trotz Verhütung etwas passieren. »Nur leider viel seltener«, sagte ich (doch ganz Wunsch, trotz und wegen aller Angst).

Seit längerem gab es Anzeichen einer wirtschaftlichen Krise in mehreren EU-Staaten, die ich kaum wahr- und nicht sonderlich ernstnahm (mein Alltag blieb davon unberührt; meine Bank schränkte zwar vorsorglich meinen Dispokreditrahmen ein, versorgte mich aber weiterhin ungefragt mit Anlagetipps aller Art), bis auf einmal zur Eurorettung geblasen wurde und aus ungemütlich nahen Regionen Berichte von geräumten Wohnungen und zerstörten Lebensperspektiven zu hören waren.
Da war der deutsche Bundespräsidentenwechsel mitten in der Amtszeit übersichtlicher und unterhaltsamer (als wahre Visionärin betrachtete meine Chefin Christian Wulffs Präsidentschaft von Anfang an unter dem Kriterium der Verfilmbarkeit). Wieder gab es viel Fußball (Jans Großvater saß allein vorm Fernseher, gelegentlich tauschte Jan sich mit ihm am Telefon über die Spielergebnisse aus). Bei den Katastrophenbildern aus Duisburg dachte ich an Vincent. Ein Grubenunglück in Chile würde Monate später einen glücklichen Ausgang finden, doch das wusste ich noch nicht, deshalb interessierte ich mich lieber nicht dafür. Die vielen kleineren und größeren Terroranschläge in der Welt konnte ich ohnehin nur noch ignorieren (und machte mir doch vage Vorwürfe, als hinge von meiner Aufmerksamkeit etwas ab). Unwiderstehlich zogen mich allerdings vermischte Nachrichten über verunglückte Kleinkinder an, obwohl ich die erst recht nicht ertragen konnte. Später würde ich das alles auf die Fortpflanzungshormone schieben, die ihr Spiel mit mir begonnen hatten.
Denn kaum hatten wir uns an den Gedanken gewöhnt, dass es so schnell nicht ging mit der Kinderwunscherfüllung, hielt ich einen positiven Teststab in der Hand (im selben Zyklus hatte ich bereits einmal getestet, wenn auch zu früh. Jetzt sah das Ergebnis umso überzeugender aus).

Als Meret begriff, dass ich schwanger war, spielte sie für mich die böse Schwiegermutter, die sich Sorgen wegen sämtlicher Schwangerschaftskomplikationen machte – von einer gesteigerten Attraktivität für Flöhe bis zum Schlaganfall während der Geburt (aber ich fürchtete mich schon genug, so dass ich mich in diesem Moment nur wunderte, woher sie all dieses Wissen hatte). Dass die *Spirituelle Intervention* ihrer *AnleitungsPraxis der LebensKunst* auf dem Dorf allmählich zu entgleisen drohte, erwähnte sie nicht, stattdessen freute sie sich überschwänglich über die Minirolle in einem Fernsehspiel, die ich ihr hatte vermitteln können.

Jans Großeltern reagierten mit echter Angst. Seine Oma freute sich tapfer: »Ihr werdet es wunderbar haben zu dritt. Wir waren doch viel zu jung. Und sie dann – erst recht.« Sie saß neben dem Tisch mit den Familienfotos, hübsch sah Jans Mutter aus, zart, immer jung, sehr jung zwischen den vielen Bildern von ihrem heranwachsenden, großen Sohn. Die Oma seufzte; vielleicht stöhnte sie nur, weil sie gleichzeitig aufstand. Ihre Füße versanken im hellen Flauschteppich, doch sie gelangte schneller als erwartet ans Fenster, sah aber nicht hinaus, sondern blickte neben dem Heizkörper zu Boden. Und ich dachte, jetzt sei der Moment gekommen, dass sie mir, vor dichten Gardinen, buschigen Topfpflanzen, zum ersten Mal von ihrer Tochter erzählen würde, deren *Lebenshunger* oder *Freiheitsdurst* (besonders sonntagmorgens) so schlecht in diesen Elterntraum von einem Wohnzimmer gepasst habe (woanders hätte man vielleicht das Ausmaß ihrer Pubertätskrise erkannt und vor allem Ängste gesehen, depressive Verstimmungen, psychotische Irritationen, dissoziative Tendenzen, regressive Sehnsüchte, autoaggressive Impulse) – ich hielt das Elend im Raum kaum aus, das Unglück dieser machtlosen Mutter und ihrer toten Tochter (dass der Enkel so ausgeglichen tat, seine Zeugung auf dem Drogenstrich, die Extremrisikoschwangerschaft auf Entzug trotz aller Rückfälle folgenlos überstanden zu haben schien, daran hatten sich alle gewöhnt; das war kein Trost, nicht Wunder genug). Und je länger sie schwieg, desto mehr fürchtete ich, dass mich das alles in Form der Phrasen erwartete, von denen Jan mir erzählt hatte, diese *Wir haben doch nicht ahnen können, was wir alles falsch gemacht haben würden*-Sätze konzentrierten Schuldgefühls bei gleichzeitigem *All die Sorgen, die Sorgen, die Sorgen, du kannst es dir nicht vorstellen, was wir durchgemacht haben mit ihr, bis heute, das hört ja nicht auf, und es hat doch alles nichts geholfen*-Opferbewusstsein; ich erwartete die Worte voll Unbehagen, da ich mich, gerade weil ich bereits zu wissen meinte, was kommen würde, umso weniger berechtigt fühlte, anders als mit betroffenem Schweigen darauf zu antworten. Aber sie entschuldigte sich nur leise, mich mit ihren Sorgen belangt und hoffentlich nicht angesteckt zu haben; daraus schloss ich, dass sie mich doch nicht ganz zur Familie zählte – was mich kränkte. Und erleichterte. (Jan glaubte vorsichtshalber nicht an familiäre Dispositionen, ließ aber (ebenfalls vorsichtshalber) die Finger von allen Suchtmitteln. Mit *unvermeidbaren Abhängigkeiten* habe er *sich arrangiert*; und ich hatte gelernt, das lieber nicht auf mich zu beziehen.)

Meine Eltern feierten die Nachricht angemessen euphorisch. Sie ließen nicht einmal die kleinsten Bedenken wegen meiner beruflichen Zukunft zu (*du kannst doch Englisch*), auf einmal war ihnen nur meine Fortpflanzungsfunktion wichtig, und das fühlte sich beunruhigend herzerwärmend an. Meine Mutter erinnerte sich intensiv an ihre eigene Schwangerschaft und klärte mich (in einem Tonfall, der mich authentisch in meine Kindheit zurückversetzte) am Telefon auf, was mich erwarte: dicke Beine, Rückenschmerzen, Wehen, Dammschnitt, Brustabszesse würde ich schnell wieder vergessen. Dauerhaft verdrängt

schien sie allerdings nur eines zu haben: als ich sie fragte, ob ihr auch so schlecht gewesen sei, musste sie überlegen: »wahrscheinlich, ja, sicher«. Seit der fünften Woche verspürte ich eine nie gekannte Übelkeit mit unlokalisierbarer Quelle im Bauch und einer dumpfen Geschmacksnote. Erbrechen musste ich nie. Lindern ließ sich dieses dauernde Unwohlsein gelegentlich durch Essen, was meinen Appetit aber kaum steigerte. Es handelte sich um einen derartig schwer zu ignorierenden Zustand von Magen, Hirn und Mundhöhle, dass ich mir nicht vorstellen konnte, mir so etwas nicht für alle Zeit zu merken. Über drei Monate lang würde diese Übelkeit mein Ängsteallerlei und eine unbeeindruckt daneben wachsende fröhliche Gelassenheit grundieren.
Meine Eltern boten sofort an, alles noch vorhandene Spielzeug vom Dachboden zu holen. In den nächsten Monaten würden sie ihr Gästezimmer in ein Kinderzimmer zurückverwandeln. Erst nach der Geburt würde das Enkelkind sie plötzlich dramatisch älter machen.

Meine Chefin gratulierte mir strahlend zum Kündigungsgrund. Sie habe schon als Kind ein Kind gewollt, damals noch am allermeisten. Danach sei immer soviel losgewesen. Sie erinnerte sich und mich an ihren kameraführenden Exmann, über den sie sich »vom ersten bis zum letzten Tag nur gewundert« habe – das schien sie immer noch zu faszinieren. Später sei ihr die Zeit davongerannt. Sie freue sich *schrecklich* für mich. Und werde sofort Cornichons und Schokolade besorgen (was sie zum Glück vergessen sollte). Sie ließ mich die alte Stellenausschreibung aktualisieren, tröstete mich mustergültig über unseren bevorstehenden Abschied hinweg, versprach, mir bei der Jobsuche zu helfen, ihre *Kontakte spielen zu lassen*; dann ging es weiter mit der Arbeit: »Katastrophen! Nichts als Katastrophen!«, rief sie begeistert.

Von diesem Zeitpunkt an waren meine Hormone für sämtliche Fehlleistungen im Büro verantwortlich.

Ich begann meinen Umzug vorzubereiten. Beim Aufräumen stieß ich auf einen Zettel, auf dem mit bräunlich-blassem (früher rotem; ich erinnerte mich an meinen damaligen Lieblingsfarbton *impassioned*) Lippenstift (es hatte Lippenstift sein müssen, obwohl Kugelschreiber zur Hand waren) ALLES HINSCHMEISSEN! AUFBRECHEN! AUSBRECHEN! ENDLICH LEBEN! stand (wahrscheinlich hatte das Blatt sich abheben sollen von meinen sonstigen To-do-Listen). Etwas in mir lächelte gerührt über dieses Andenken an Jack Kerouac, während etwas anderes über die inzwischen unangenehm bröcklige Schrift nur grinsen konnte. Einem dritten Etwas kam mein Examenskrampf im Nachhinein noch als vergleichsweise intensive Lebensphase vor; gerade weil ich mich einmal beschränkt und konzentriert und mir nicht eingebildet hatte, mein wahres Leben fände woanders statt. Und weil ich mich verliebt hatte, wie ein viertes Etwas wusste. All diese Etwasse vertrugen sich bestens in mir – ich schob das wie vieles andere auf die Hormone.
Ein Etwas spürte die Hormonflut unmittelbar; ich fühlte es, wenn Jan bei mir war, wenn andere Männer mich anblickten, noch sah ich nicht schwanger aus; und noch hatte ich Zeit, ein wenig Freiheit, bis zum Ende der Kündigungsfrist, bis zu meinem Umzug.
Annkathrin verstand mich falsch und riet mir sehr dazu, auf Vorrat zu schlafen. Aber dieses Etwas in mir (ein Parallel-Ich zu meiner ultraspätpubertären Ausgabe, die – geplagt von Einsamkeit und sonstigem Magisterarbeitsstress – einen halben Lippenstift auf Papier verschmiert hatte) hätte gern schnell noch alles erlebt, was sich Enkelkindern schwer erzählen ließ. Auch diesem Etwas war schlecht, doch die Übelkeit

intensivierte seine diffuse Sehnsucht nur. Andererseits scheuten in diesen Monaten alle meine Ichs Alkohol und sonstige Enthemmer (denn Enkelkinder zum Erzählen wünschte ich mir doch). Und ich war nicht mehr jung genug, um selbst zum kleinsten Abenteuer nicht die ernüchternde Kehrseite, die zwangsläufigen Komplikationen hinzudenken zu können (und zu müssen. Zwanghaft. Was ich ebenfalls auf meinen Hormoncocktail schob).

Ich rief Fabian an (prüfte, kurz bevor sich bei mir soviel änderte, ob seine Handynummer noch stimmte), erwähnte nicht, dass ich schwanger war, nicht einmal, dass ich wegziehen würde. Er lachte viel, als fühle er sich bei etwas ertappt, und gestand schließlich, sich fürs Referendariat beworben zu haben. Es helfe nichts, er müsse wohl Lehrer werden. Ich fragte mich, wie ich ihm gratulieren könne, ohne sein offensichtliches Gefühl von Niederlage zu verstärken. Tatsächlich verspürte ich weniger Mitleid als Neid; ich ärgerte mich, dass ich mich von diesem sicheren, familienfreundlichen Beruf vorschnell hatte abschrecken lassen. Doch Fabian tat sich schwer. Dabei habe er keine Angst vor Kindern! Auch vor Jugendlichen und selbst vor den Eltern nicht! Nicht einmal vor den ständigen Kontrollen und Bewertungen durch Schulleitung und Ausbildungsseminar, die ihn in den nächsten zwei Jahren erwarteten. Er habe sich bereits in die herrschende pädagogische Mode eingearbeitet – die ihm entgegenkomme: »Kreativität und Eigenständigkeit, damit habe ich mich mehr als genug herumgeschlagen.« Wenn, wie behauptet werde, mit etwas Theater, Tanz, Medien, Musik und der Illusion von Freiheit und Selbstbestimmung allen Schülern intrinsische Lernbegeisterung und Methodenkompetenz einzutrichtern sei – von ihm aus gern. Allerdings blieben Zweifel. Ob das wirklich so, allen Richtlinien und Erwartungshorizonten entsprechend, funktio-

niere; und ob es nicht entsetzlich wäre, wenn es funktioniere! Denn letztlich sei das doch nichts als eine umso perfidere Disziplinierung. Und eine Instrumentalisierung von allem, was er liebe; noch dazu eine verlogene: »Denn man will sie gar nicht, die Massen, die nach der Schule ernsthaft was-mit-Kunst-und-Medien machen wollen. Das hab ich inzwischen nun wirklich gelernt. Nein, nein, nein, das hat alles nur in der Schule seinen Platz.« Und so schaudere es ihn bereits, wenn er sich seine Kreativaufgaben als Aufwärmübungen für wesentlicheren Lernstoff konzipieren sehe.
»Sieh es als Rache«, schlug ich vor. »Dafür, dass die Kunst dich nicht genug zurückgeliebt hat.«
Nun klang sein Lachen erstmals fröhlich – bis ihm einfiel, dass er eine solche Einstellung bereits seinem ehemaligen Musiklehrer unterstellt habe, einem gescheiterten Pianisten, dessen autoritärer Unterrichtsstil nur durch seine universelle Gleichgültigkeit gemildert wurde. »Seltsam«, sagte er, »früher galten die musischen Fächer als langweilig – und jetzt setzt man auf ihre Attraktivität und denkt, dass die Kinder nur ein paar Selbermachangebote brauchen, um alles mitzumachen.«
»Aber«, sagte ich, »du weißt doch selbst, dass das niemals klappt.«
»Wahrscheinlich«, gab er zu. »Wir haben damals auch nicht alles wörtlich genommen. Die Begeisterung wird schon nicht überhand nehmen. Wie wir uns durch uninspirierten Unterricht auch nicht alles haben verderben lassen.« Und natürlich müsse man halbalphabetisierte Pubertierende mit allen Mitteln dazu bringen, sich irgendwie für irgendetwas jenseits ihrer selbstzerstörerischen Neigungen und ihres zerstörerischen Umfelds zu interessieren; aber um manche Mittel sei es ihm dann doch schade. »Zum Beispiel *Frühlings Erwachen* – gut, das Stück hat seine Brisanz verloren. Aber es ist doch verräterisch, dass sich das darin äußert, dass es von jeder zweiten

TheaterAG im Land gespielt wird.« Was es für die Zukunft des Hip-Hop bedeute, dass immer mehr Kinder von bemühten, aber selten szene- oder auch nur rhythmusaffinen Lehrkräften angehalten würden, ihre Ansichten und Erfahrungen in Rap-Form auszudrücken, darüber könne er nur spekulieren. Doch es widerstrebe ihm, alles in den Unterricht einzubeziehen, alles mit Schule zu kontaminieren, widerständige Potentiale zu unterschlagen oder pädagogisch zu vereinnahmen. »Wobei ich mich natürlich fragen muss, ob ich nicht selbst dieses ganze vorsublimierte Zeugs – je sperriger, desto besser! – vor allem zur Bewältigung meiner persönlichen Lebensscheiße nutze und mich dabei noch selbstzufrieden im Nimbus des angeblich Anderen suhle. Und was soll auch so schlimm daran sein? Ja, ja, ja! Ich will tun, was ich kann, ich sammle schon Cartoons, Zeitungsartikel, Kurzhörspiele, der frühe Helge Schneider, damit müsste man sie doch packen können, zumindest mit dem Namen *Helge Schneider* – na ja, vielleicht ist das inzwischen auch schon wieder vorbei. Aber *Yvonne, die Burgunderprinzessin*: großes Ensemble, Mobbingthematik, perfekt für Schultheater! Ich mach nicht mal vor Beckett halt, als Schüler fand ich *Glückliche Tage* so geil; natürlich viel zu wenig Rollen, doch vielleicht ließe sich daraus irgendeine Projektarbeit basteln – und am Ende ist auch das Schule.«
Und ich wäre froh gewesen, ebenfalls Aussichten auf Festanstellung zu haben, froh, einen Lehrer wie Fabian gehabt zu haben, sehr froh, einen Lehrer wie Fabian für mein Kind zu bekommen. Aber es hätte mich gefreut, wenn er auch noch prickelndere Themen gekannt hätte. Dennoch legte ich erst auf, als es bei mir klingelte.

Vor der Tür stand Melanie. Mit Lolek und Bolek (die anders hießen und auch ein bisschen anders aussahen).
Und ich hatte soviel an ihren Bruder gedacht, dass ich nicht

einmal wusste, wie ich sie begrüßen sollte. Sie schob ihre Zwillinge und einen großen Koffer in meinen engen Flur und entschuldigte sich sofort dafür, dass sie ihren Besuch nicht angekündigt habe: »Aber ein Anruf – und du wärst vorbereitet gewesen.«

»Ja«, sagte ich.

»Und hättest abgesagt.« Sie ließ mir keine Zeit, zu reagieren, zu dementieren, zu protestieren, sondern redete gleich weiter: Sie habe es einfach nicht mehr ausgehalten und sei losgefahren. Sie habe alles hinter sich gelassen mit ihren Kindern. Man müsse Konsequenzen ziehen; was nicht gehe, gehe nicht.

Etwas in mir füllte sich mit frageloser Solidarität. Melanie sah abgehetzt aus, aber sorgfältig, gerade nicht zuviel geschminkt. Sie versuchte, gleichzeitig durch die drei offenen Türen in Zimmer, Küche, Bad zu spähen (in diese kleine Wohnung, in der es bereits eng wurde, wenn Jan mich besuchte) und außerdem ihre Kinder im Blick zu behalten. Und sah sich trotz allem so ähnlich (erschütternd ähnlich, fand ein Etwas in mir sogar). Die Kinder dagegen kannte ich nur von Babyfotos, und jetzt –

»Dabei sind sie eher klein für ihr Alter«, behauptete Melanie (was zumindest für den einen Zwilling auch zutreffen mochte).

Ich sah die Kinder auf meinem Bett herumhüpfen, etwas, nein, alles in mir wusste: es war nicht der richtige Zeitpunkt; aber ich musste auf Tobias zu sprechen kommen. Es dauerte, bis Melanie überhaupt mitbekam, worüber ich redete.

»Ja, was soll man sagen«, nickte sie schließlich. »Können wir bei dir bleiben? Wir brauchen einfach nur ein bisschen normales Leben.«

Etwas in mir zuckte erschrocken zurück. Etwas anderes freute sich naiv über die Vorstellung von normalem Leben mit Kindern in meiner Einzimmerwohnung; wie eng die wirklich war, sollte ich also kurz vorm Auszug noch erfahren, prophezeite ein drittes, eher sarkastisches Etwas. In den Vordergrund drängelte sich allerdings das Etwas, das nur daran dachte, einer Freundin in Not zu helfen. Und mit Melanie wieder einmal reden zu können.

Aber bis Lolek und Bolek in die letzten Ecken meiner Wohnung gekrochen und wieder eingefangen waren, bis Loleks Knie verpflastert und Boleks Beule gekühlt war, bis wir aus meinem Bett ein Familienlager und für mich auf dem Fußboden ein Nest aus Yogamatte, Keilkissen, Nackenpolster und Tagesdecke gebaut hatten, bis die Zahnbürsten der beiden herausgekramt und nach viel Gekreisch und Gehüpfe in die richtigen Münder gestopft waren, bis die Kinder endlich im Bett lagen, bis Melanie sie unter meinen Decken in Schlafhaltung gebracht und ruhiggekuschelt hatte, dauerte es. Erschöpft blieb sie gleich bei den beiden liegen.

Ich löschte das letzte Licht, setzte mich auf meine Matte und hielt mir den Bauch. Es gab soviel zu fragen, zu erzählen. Aber aus dem Bett kam nur immer regelmäßigeres Atmen, dann Rascheln, Rutschen, Drehen, Wenden – anscheinend zog Melanie vorm Einschlafen doch ihr recht enges Kleid, BH und Strumpfhose aus. Anschließend kroch sie umso entschiedener in meinen Schlafsack. Und ich dachte an unsere Interrail-Wochen; ein paar Jahre nachdem wir beide ein Schuljahr in derselben kalifornischen Kleinstadt verbracht hatten, waren wir gemeinsam durch Europa gereist. Wir stammten aus unterschiedlichen Orten und hatten in unterschiedlichen Städten zu studieren begonnen, aber als Melanie mich fragte, ob ich mitkommen wolle, packte ich *On the Road*, das schon seit einiger Zeit auf dem Bücherstapel neben meinem Bett lag, in den Rucksack und fuhr los. Unterwegs las ich allerdings lieber Melanies Krimis, die sie in Hostels und Cafés liegen ließ, sobald wir beide damit durch waren. Fast wäre ich nach den ersten hundert Seiten auch ohne *On the Road* weitergereist, gab Kerouac aber noch eine Chance. Dem Italien-Baedecker meiner Eltern nicht. Nachdem ich mir zwei Museen ohne Melanie angeschaut hatte, verlor auch ich die Lust daran. Weitere Reiseführer besorgten wir uns nicht. Melanie behauptete, die besten Läden, Lokale und Leute per Instinkt zu finden.

Auf den Markusplatz in Venedig wollte sie trotzdem. Wir beobachteten Touristen und Tauben. Ein Straßenmusiker spielte Bandoneon, Melanie machte ein paar Tangoschritte, sofort fand sich ein Partner. Ich wusste – ja, zur Genüge –, dass Melanie gern tanzte; aber jetzt, kaum ein Jahr nach meinem Fahrradunfall, schien mir unglaublich, wie sie zur Musik schwebte, lässig im Takt blieb, sich keine Gedanken um ihre Füße zu machen brauchte und ganz auf ihren unbekannten Tanzpartner einstellen konnte; wer immer dieser blasse junge Mann war (lange schlanke Beine in einer grauen Anzughose, kurzärmliges, etwas zu enges weißes Hemd, große Nase, mit so gleichmäßig, bis in die Winkel wulstigen Lippen, dass der Mund eckig wirkte), wo auch immer er herkam, sie sprachen eine Sprache, fließend, variantenreich. Es war eine dieser Spielfilmszenen, wo aus dem Moment heraus eine ausdrucksstarke präzise Show entsteht und der langwierige Choreographie- und Probenprozess weggeschnitten ist (von dem außer mir nur die beiden Tänzer wussten, dass er diesmal tatsächlich nicht stattgefunden hatte). Immer mehr Leute schauten zu, der Bandoneonspieler freute sich über den Geldregen, der für alle drei gemeint war. Und spielte weiter. Und weiter. Allmählich meinte ich erste Wiederholungen zu hören. Und auch zu sehen. Ich suchte Melanies Blick. Der ging (konzentrierter, angestrengter, als ich gedacht hätte) ins Leere. Ich versuchte es mit einem Winken und verließ die Szene; nur für einen Blick auf die Mosaiken im Markusdom; die Schlange vor dem Eingang war gerade etwas kürzer, der Eintritt gratis.

Als ich aus der Kirche hinaustrat, waren Musiker und Tänzer verschwunden, das Publikum hatte sich verstreut. Ich lief über den Platz, schaute fassungslos, wartete (auf Wiederholung? die nächste Vorstellung?). Unsere Eltern hatten darauf bestanden, uns vor der Abreise Handys zu schenken, aber ich traute mich nicht, Melanie zu stören (wobei auch immer). Als ich mich doch traute, ging sie nicht dran. Ich wusste nicht, ob ich wütend oder panisch werden sollte. Wieder und wieder suchte ich unter den Arkaden, blickte in jedes Café, lief durch die Gassen, meinte überall im Gewühl Melanies Gesicht, ihren Rucksack, ihre Frisur, einen Überrest ihres Schattens zu entdecken (später, auf einer Reise mit Jan, sollte ich mich wundern, dass Venedig so viel weniger trostlos und beängstigend war als in meiner Erinnerung). Schließlich fuhr ich allein nach Mestre, in unser Hostel, wo ich Melanies Handy fand, was ich weniger als Erklärung für ihr Schweigen denn als böses Omen nahm. Ich sah mich die weitere Reise missmutig allein machen (und wahrscheinlich bald abbrechen), während Melanie sich weiter fortreißen ließe in schwebend leichtem Tanz.
Spät am Abend hörte ich, wie jemand leise ins Zimmer kam und sich in ihr Bett legte (ein kurzer Moment von Angst, dann Erleichterung): »Melanie?«, flüsterte ich.
»Wer denn sonst?«
»Bist du allein?«
Nichts als ein Schnauben. Am nächsten Morgen erfuhr ich, dass sie von Polizisten mitgenommen worden waren. Der Bandoneonspieler war anscheinend nicht berechtigt, auf dem Platz zu musizieren. Und bis die drei begriffen hatten, dass sie keineswegs verhaftet waren, die freundlichen, aber entschiedenen Beamten ihnen nur im Nachhinein zu einer Genehmigung verhelfen wollten – und wiederum die Polizisten begriffen hatten, dass alle drei kein Italienisch (zum Teil auch kaum Englisch) sprachen und dennoch nicht zusammengehörten und

ihre Papiere aus unterschiedlichen Gründen nicht vorzeigen wollten oder konnten (Melanie hatte auch ihren Pass im Hostel vergessen), verging einige Zeit, während der der Musiker in tiefe Apathie versank, Melanies Tanzpartner gereizt, dann aggressiv wurde und Melanie schließlich mit dem deutschen Konsulat und ihren Eltern zu Hause telefonierte, was ihr *den Rest gegeben* habe, so dass sie sich danach erst habe abreagieren und erholen müssen (am Ende einer einsamen Sackgasse, wenn ich sie richtig verstand, auf Stufen, die in stinkendes Wasser hinunterführten), ohne an meine Sorgen zu denken. (Erst spät fiel mir ein, dass auch ich sie alleingelassen hatte. So waren wir quitt.) Sie hatte in Venedig etwas erlebt. Ich hatte eine Kirche besichtigt, die ohnehin alle kannten – es sollte die letzte auf der Reise bleiben. Luft und Sonne und Züge und Bahnhöfe und billige Unterkünfte und Straßen und Gassen und Supermärkte und Cafés und Clubs und Strände und Straßen und Häuser und Plätze und Bahnhöfe und Supermärkte und Busse und Gespräche mit Leuten, die zufällig fast alle ebenso unterwegs waren wie wir – ein wunderbarer Sommer (nur im Einzelfall hätte ich hinterher doch gern mitbekommen, wo wir eigentlich gewesen waren). Die Seminararbeit, die ich in diesem Sommer hätte schreiben sollen, würde ich erst zwei Jahre später abgeben; immerhin nicht zu spät.

»Ich bekomme auch ein Kind«, sagte ich unvermittelt ins Dunkel (es war ein eher trotziges Etwas, das sich da in mir, aus mir meldete; wenigstens sprach es leise, wegen der Zwillinge).

»Schön«, hörte ich Melanies Stimme, sehr müde, sehr erschöpft.

Ich hätte so gern mit ihr geredet, aber jetzt war ich froh, nichts weiter sagen zu müssen. Das übernahmen meine Etwasse, sie diskutierten untereinander, ich hörte zu, fühlte mich meinen Hormonen ausgeliefert und zugleich von ihnen aufgefangen; ruhig debattierten sie mich in den Schlaf.

Am nächsten Morgen um sechs fingen die Zwillinge pünktlich an, herumzuspringen und miteinander zu streiten.
»Ja, nach denen kannst du die Uhr stellen«, sagte Melanie.
Bis ich zur Arbeit musste, sollte ich auch über das Frühstücksverhalten von Kindern viel Abschreckendes gelernt haben (fand zumindest ein besonders müdes, mäkeliges Etwas in mir. Alle anderen Etwasse waren entzückt von Loleks repetitiven Ablenkungsmanövern und Boleks pseudozerknirschten Blicken und ihrem von der eigenen Aufsässigkeit, schließlich vom Dauerkichern selbst begeisterten Lachen. Melanie versuchte, die Nussnougatcreme (die ich zur Besänftigung meines Schwangerschaftshormoncocktails gekauft, nur bisher nicht gebraucht hatte) zu rationieren und mir gleichzeitig etwas über Konsequenz in der Kindererziehung zu erzählen; doch dafür war Nussnougatcreme das falsche Demonstrationsobjekt).
Normalerweise las und hörte ich zum Frühstück Nachrichten, daher war meine Chefin überrascht, dass ich nicht mitbekommen hatte, wie am Vorabend die Stuttgarter Proteste eskaliert waren. »Ich verfolge das genau!«, rief sie. »Explodierende Kosten – damit kenn ich mich nun wirklich aus. Das ist doch sozusagen die Geschäftsgrundlage in der Filmwelt – im Grunde eine Katastrophe! Vielleicht überlegen sie sich das mit dem Bahnhof noch mal. Auch wenn da eigentlich von Anfang an alles zu spät war. Vor Jahren hätten die protestieren müssen!«
Mangels aktueller Informationen sagte ich nur matt, dass eine meiner Studienfreundinnen regelmäßig gegen Stuttgart 21 demonstriere, zusammen mit ihren Eltern und Geschwistern, einer Großmutter, Onkel, Tante, Kusinen und Nichten.
Die Chefin schob mir das Bürotelefon hin. »Rufen Sie sofort an, fragen Sie, ob es allen gut geht!«, ordnete sie an. Ich entschied mich lieber für eine kurze SMS an Anna (als Antwort auf soviel Interesse sollte ich Abonnentin mehrerer Protestnewsletter werden).

Die Chefin wandte sich dem Stapel Bewerbungen auf ihrem Schreibtisch zu. »Und um die Drehgenehmigungen für diese Samenbankkrimödie müssen wir uns endlich kümmern. Ach, wenn ich nicht soviel zu tun hätte – diese Stuttgartsache ist ein ganz großes Thema!« Aber ich – ich hätte doch bald Gelegenheit, frei zu arbeiten. »Wie wär's mit einem Drehbuchprojekt? Über eine Großfamilie, alle Generationen vereint im Kampf! Nein, da geht's zwar ab, aber die wahre Dramatik fehlt – noch! Was wir brauchen, ist ein Familienkonflikt! Also, wenn zum Beispiel die Kusine einen Bahnmanager liebt. Oder wenn die ganze Verwandtschaft nur mit auf die Demo kommt, weil es die Alt-68er-Oma so freut. Und die alte Dame, die nicht begreifen will, wie fortgeschritten ihr Krebs schon ist, merkt natürlich auch nicht, dass ihre angepassten Kinder und Enkel, über deren Spießigkeit sie sich immer schon aufgeregt hat, gar nicht wirklich vorhaben, für die Schlossparkbäume zu kämpfen; bis sie alle zusammen vorm Tränengas fliehen müssen – na, undsoweiter eben.«

Ich nickte zerstreut. Mit einem Mal fragte ich mich, wie das Sorgerecht für Lolek und Bolek aufgeteilt war. Und ob Melanie die Kinder in meiner Wohnung vor ihrem Exmann versteckte (ein Verdacht, der sich als unbegründet erweisen sollte, mir aber bis zum Abend keine Ruhe ließ).

Melanie hatte meine beste Pfanne ruiniert, und das für Fischstäbchen, die den Zwillingen schlechter schmeckten als bei ihrem Vater. Melanie verzog keine Miene. Dennoch fiel es mir, als die Kinder – *que será, será* – in den Schlaf gesungen waren und wir endlich reden konnten, seltsam schwer, nach Oliver zu fragen. Ich versuchte, das grundsätzlicher zu klären: »Entschuldigung, aber wie lange willst du hier bleiben?«

Sie antwortete mit einem alarmierten Blick. »Mach dir keine Sorgen. Ich sag's dir. Rechtzeitig.« Bevor ich weiterfragen konnte (rechtzeitig wofür? um mich auf den Punkt zu freuen? und mich geistig besser darauf vorbereiten zu können, hinter ihnen aufzuräumen?), lenkte sie ab: »Gib's zu: du hältst mich für eine schreckliche Mutter.«

Und wieder ließ sie mir keine Zeit zu widersprechen. »Man nennt es: *Motorische Begabung*. Ich bin völlig fertig. Aber deine Wohnung ist echt klein. Und die Spielplätze in dieser Gegend – na ja, bis wir wenigstens einen kleinen Park gefunden haben, hatten sie immerhin gut Bewegung.« Sie lachte, kehlig, entschieden, immer noch ausweichend, diesmal ins Pathos: »Ja. Ich bin jetzt wieder da, wo ich mit sechsundzwanzig war. Nur nicht mehr so jung.« (Alt genug für einen markanten Kontrast sah sie allerdings auch nicht aus, in der lässig-bequemen Kleidung, die sie im Gegensatz zum Vortag trug.) »Und mein Examen ist auch nicht mehr so frisch, und was Berufserfahrung betrifft –«

»Aber du hast doch deine Kinder!« Das meinte ich ernst, in meinem Zustand.

»Ja«, sagte sie. »Auf Oliver ist da kein Verlass. Wenn ich das gewusst hätte. Wenn man mir am Morgen vor der Hochzeit ein Video aus der Zukunft geschickt hätte – ach, Quatsch, dann hätte ich ihn natürlich trotzdem geheiratet, erst recht wahrscheinlich. Ich bilde mir doch immer ein, noch etwas ändern zu können. Es ist ja auch nicht so, dass ich nichts geahnt hätte. Leider hat das alles nur verkompliziert. Schon unsere Hochzeitsnacht war der Horror.«

Ich schwieg und wartete, ob sie mehr erzählen wollte. Jan hatte über ihre Vertraulichkeiten gestöhnt, was mich nichtsdestotrotz eifersüchtig gemacht hatte; weniger weil sie sich ihm anvertraut hatte (und er mir zunächst nichts davon erzählt hatte), sondern weil sie mir gegenüber seit Jahren jedes intimere Detail vermied. Auch jetzt, auf einem meiner beiden Küchenstühle, während ihre Kinder nebenan in meinem Bett schliefen, zögerte sie, allerdings nur (so kam es mir letztlich vor), um zwischen den verschiedenen längst erprobten Registern zu wählen, in denen sich die Geschichte ihrer *total verpatzten Hochzeitsnacht* erzählen ließ. »Wir haben uns noch lustig gemacht«, begann sie in vertraulichem, leicht überdrehtem Ton: »da ist man jahrelang zusammen, und dann heißt es plötzlich *Hochzeitsnacht* – und ob du's glaubst oder nicht, das hat uns so was von überfordert. Wir haben diskutiert, ob wir uns tatsächlich zum GV verpflichtet fühlen sollten, statt uns vor der Reise wenigstens etwas auszuruhen, zu planen und zu packen; diese Nacht nach der Feier war kurz genug.«

»War dir auch so schlecht?«, warf ich ein (irgendein Etwas interessierte das leider sehr).

»Zu der Zeit nicht mehr«, sagte sie, ein wenig aus dem Konzept gebracht. »Ich war mitten im vierten Monat; wir hatten uns also sozusagen verlobt, der Hochzeitstermin zumindest, der stand, und bald danach – na ja, richtig geplant war es nicht, aber wir haben auch nichts dagegen getan. Obwohl ich mir bald schon gar nicht mehr so sicher war – aber doch, wir hatten es bewusst riskiert und uns dann in unserer Entscheidung füreinander bestätigt gefühlt. Aber schließlich sitzen wir da« – jetzt hatte sie wieder in die Erzählung gefunden – »in der Hochzeitsnacht und haben keinen Sex; doch statt etwas anderes zu machen, hadern wir stundenlang damit, haben erst recht keinen Sex, jeder zarte Ansatz wird zum Übergriff, wir brüllen einander an, nichts als Beschimpfungen, Drohungen, Unterstellungen. Als das Telefon klingelt, denken wir, die Nachbarn wollen sich beschweren; stattdessen sind es meine Eltern, die von dem Anschlag in Ägypten berichten. In diesem Moment hätte ich mit der Reise am liebsten auch gleich die Ehe annulliert. Nein, es ist schon gut, dass wenigstens jetzt alles vorbei ist. Auch wenn ich manchmal denke, dass wir einfach zu jung waren; zumindest Oliver. Also, Oliver in drei Jahren und ich vor fünf Jahren – das hätte schon funktionieren können. So wie es auch bei Jan und mir, glaube ich, nur der falsche Zeitpunkt war. Nicht dass ich's wollte – Entschuldigung, ab und zu hab ich solche Gedanken: seine Ausgabe von damals und meine von heute, oder sagen wir, von in vier Jahren; das würde passen. – Bist du sauer? Ich kann's verstehen.«

Ich schüttelte nur den Kopf.

Sie seufzte. »Okay. Erzähl mir lieber, wie's bei dir läuft.«

Doch mir war bloß schlecht. Ansonsten ging es mir zu gut. Eigentlich hätte ich nervös werden müssen wegen meiner beruflichen Situation. Aber meine Lage war immer noch nicht verzweifelt genug, um den Zufall zu einem Noteinsatz zu bewegen (und das konnte ich sogar verstehen: Jan verdiente nicht schlecht, die neue Wohnung war zu schön, zu allem Überfluss hatte ich etwas Geld von meinen Großeltern geerbt). Bisher hatte ich nur ein paar Aufträge als freie Drehbuchlektorin in Aussicht.

»Immerhin!«, rief Melanie. »Wenn ich ehrlich bin, habe ich immer darauf gebaut, zur Not in die Familienfirma einsteigen zu können. Auch wenn ich dafür die falschen Fächer studiert habe, also nicht ganz die richtigen – aber das wär nicht das Problem. Wenn es die Firma noch gäbe. Mein Vater ändert ständig das Unternehmenskonzept. Jetzt redet er auf einmal von Politikberatung – dabei hat sich das mit seiner Partei schon wieder totgelaufen. Ich glaube, er macht den Laden mit Absicht kaputt. Oder er ist längst kaputt, und er versucht das ungeschickt zu verschleiern. Aber immer wenn er sagt, dass er das alles nur für meinen Bruder aufgebaut habe, wird mir ganz anders. Natürlich ist das Schwachsinn. Das musst du dir mal vorstellen: während ich mir echt hab vorstellen können, das Ganze mal zu übernehmen, wollte Tobias nichts damit zu tun haben. Na ja, andererseits hat er BWL durchgezogen – ach, ich weiß nicht.«

Und so waren wir endlich bei ihrem Bruder. »Ein Schock«, bestätigte sie. »Ja, na klar. Wir sind in einer Phase.« Ihre Stimme klang nun sehr bestimmt. Aber ein neugieriges Etwas in mir lechzte kaltherzig nach Informationen. Ich wusste so wenig über Tobias (was mir zu seinen Lebzeiten nichts ausgemacht hatte); nun steuerte ich jedes nur irgendwie erfolgversprechende Stichwort an (und hasste mich für jede meiner scheinheilig betulichen Formulierungen): »Er hat einmal erwähnt, heiraten zu wollen –?«
»Ach, das wollte er doch dauernd. War natürlich nicht ernst gemeint.«
»Ja, so mit Familie kann ich ihn mir nicht vorstellen…«
»Na ja, er hat zwei Kinder, um die er sich ab und zu sogar gekümmert hat – oh Gott, das ist auch so krank: mal wollen meine Eltern gegen seine Exfreundinnen prozessieren, weil sie irgendwelche finanziellen Ansprüche fürchten; dann wieder versinken sie in Sentimentalität und großpatriarchale Fantasien, wollen ihre Enkelkinder aufnehmen und selbst großziehen – als ob die Mütter auch gestorben oder nie vorhanden gewesen wären.« Sie schüttelte sich. »Und es hilft alles nichts. Wir schaffen es nicht zu reden – richtig zu reden. Aber vielleicht würde das alles noch quälender machen.«
Ich nickte, und vor Verwirrung, Ratlosigkeit und Überforderung fing ich an zu weinen, und beim Weinen wurde mir erst – mit jedem Schluchzer tiefer – klar, was diese Familie durchgemacht hatte und weiter durchmachte und in alle Ewigkeit durchmachen würde. Und dass ich bei aller Betroffenheit (so kam es mir in diesem Augenblick zumindest vor) Tobias' Tod bisher nur als betrübliches, vor allem aber spektakuläres Phänomen wahrgenommen hatte: ein dummer tragischer Unfall in einer Zeit, in der es, was das Sterben betraf, nur noch um den richtigen Moment zu gehen schien, die allmächtigen Maschinen abzustellen, und Fitnesstraining und Versicherungen den Rest regelten.

Melanie sah mich von der Seite an, als beneide sie mich um meine Hormone. Sagte aber: »Steiger' dich mal nicht so rein.« (Und da kam ich mir gleich wieder anmaßend vor mit meinem doch sehr allgemeinen Schmerz.)

Ich war ganz Solidarität. Doch schon zwei Tage später konnte ich nicht mehr. Die Yogamatte wurde nicht bequemer. Meine Wohnung enger. Loleks und Boleks Gameboy immer lauter. Und während mich ihre ersten Annäherungen, drollig direkte Freundlichkeiten, unbeholfen wilde Zärtlichkeiten gerührt hatten (ein Stocken, ein feinherbes Ziehen zwischen Bauch und Brust), verspürte ich inzwischen nichts als Überforderung und Angst, sobald sie wieder ungebremst auf mich zupurzelten und mit dem Baby in meinem Bauch schmusen oder boxen wollten.

Das Wochenende nahte. Etwas in mir plante gemeinsame Ausflüge ins Grüne. Aber während ich noch vom Wetterbericht redete und von Busfahrplänen, kündigten mir meine inneren Etwasse, eins nach dem anderen, die Gefolgschaft auf. Ich suchte umso verbissener nach Tiergehegen und Abenteuerspielplätzen und Vorleselektüren für den Abend. Und ein Etwas hatte bis zuletzt so ernsthaftes Interesse am Kindertheaterspielplan, dass alle anderen nur noch ihre kleinen inneren Köpfe darüber schütteln konnten. Irgendwann wäre ich soweit gewesen, meinen Besuch rauszuschmeißen; aber Melanie kam mir zuvor. Die Zwillinge sehnten sich nach ihrem Kindergarten und sie sich nach der Freiheit, die dieser Kindergarten ihr bot; das überwog allmählich alle Vorbehalte, zurück zu ihren Eltern zu ziehen.

(Und erst nach ihrer Hochzeit mit Can zwei Jahre später würde sie mir erzählen, wie sie eine Stunde, bevor sie bei mir aufgetaucht war, mit ihren Kindern und ihrem Koffer bei einem gewissen Burkhard (zu diesem Zeitpunkt noch vergleichsweise

ohne Not, eher um eine Entscheidung zu erzwingen, wie ihr allerdings hinterher erst klar geworden sei) vor der Tür gestanden und wie er sie angesehen habe, als sie ihm sagte, dass sie nicht zu ihren Eltern zurück könne: »Und nach diesem Blick habe ich tatsächlich nicht mehr zurück gekonnt, zumindest nicht sofort – na ja, und du hast dann am nächsten gewohnt.«)
Nach Melanies Abreise gelang es mir, einen halben Altkleidercontainer und eine Papiermülltonne zu füllen (ich wollte gar nicht darüber nachdenken, wieviel Zeit ich mit all diesen To-do-Listen und Strukturierungsplänen verschwendet hatte, diesem Archiv aus guten Vorsätzen und überholter Zeitrechnung), bis ich auf einen Zeitungsartikel über Kerouac stieß (und im Internet weiterrecherchieren musste: inzwischen war die Originalfassung von *On the Road* auf deutsch erschienen; das hatte ich völlig verpasst. Es gab schon lange keinen Grund mehr, weshalb ich es hätte mitbekommen müssen. Aber bei der Lektüre der Rezensionen und Hintergrundberichte fühlte ich mich zu Haus).

Von Felix und seiner Freundin kam einmal die Woche ein Newsletter aus den USA. Akribisch zeichneten sie ihre Route nach und erkannten und benannten en passant alle wesentlichen Widersprüche der amerikanischen Gesellschaft; dazu gab es viele Fotos von Landschaften und Supermärkten.
Als ich Sascha zufällig begegnete, redete er umständlich davon, den richtigen Zeitpunkt verpasst zu haben, nach Berlin zu ziehen. Allen anderen Fragen wich er aus, meinen Bauch ignorierte er. Ganz im Gegensatz zu Ulrika und Annkathrin, die ich nun häufiger traf; die eine auf dem Weg zur Universität, die andere zu ihrer *Rückbildung.* Vincents Computer schickte atemberaubend formulierte Abwesenheitsmails.

Meine Wohnung, meine Arbeit waren gekündigt, nach wenigen Wochen stand ein Nachfolger (einer für beides) fest. Nun musste ich mich schon anstrengen, um meinen Umzug noch länger hinauszuzögern. Ich plante alles genau. Ich wollte die Gelegenheit nutzen, um nicht nur Ballast abzustoßen, sondern profunde Ordnung in meine Dinge zu bringen. Jedes zweite Wochenende stand Jan mir (kopfschüttelnd) zur Seite. Die übrigen Wochenenden verbrachten wir in der neuen Wohnung, wo seine Möbel und nach und nach auch Teppiche, Rollos, Bilder und Lampen bereits ihren Platz gefunden hatten.

Zwei Monate, nachdem Melanie mit den Zwillingen zurück zu ihren Eltern gefahren war, informierte mich Jan telefonisch, dass unser Kind (von dem er zu diesem Zeitpunkt ein gutes Stück weiter entfernt war als ich) inzwischen (grundsätzlich, also mit viel modernster Medizintechnik) *lebensfähig* sei und von Tag zu Tag *lebensfähiger* werde.

Ich blickte auf meinen kugeligen, lange noch nicht riesigen Bauch und dachte an das winzige Wesen in schwarzweiß, das mir die letzte Ultraschalluntersuchung gezeigt hatte. Etwas in mir fühlte sich erleichtert, dass wir es soweit immerhin geschafft hatten; obwohl wenig mehr als die erste Halbzeit vorüber war – und so verfielen sämtliche anderen Etwasse in panische Gedanken an Notgeburten und Frühgeborenenstationen. Ich wusste nicht, ob ich mich wirklich freute, dass Jan inzwischen ebenfalls Schwangerschaftsinformationen aus dem Internet fischte.

Immerhin war mir nicht mehr schlecht. Und es hatte seine Vorteile, keine Wahl mehr zu haben.

Meine Eltern finanzierten einen Komfortumzug, um Schaden von ihrem Enkelkind abzuwenden (anstrengend und fehlkoordiniert genug, um für nachhaltiges Chaos zu sorgen, sollte er dennoch werden).

Und meine Chefin hatte sich gerade an mich gewöhnt.

»Meine Herren, wir brechen auf! [... Moment! ...] Ah – wunderbar! Der Sergeant hat einen sehr netten Traum, den er Ihnen erzählen möchte.«

(Luis Buñuel / Jean-Claude Carrière: *Der diskrete Charme der Bourgeoisie*)

»Ich habe von einer Party geträumt«, erzählte ich. »Die Gäste und auch die Gastgeberin waren alle ich selbst, verschiedene Versionen von mir in unterschiedlichem Alter: ein sentimentales Kind, eine hochspezialisierte Jugendliche, eine zerstreute Studentin, eine stolze Praktikantin, eine sich selbst zerfleischende Examenskandidatin, eine aufmerksame Berufsanfängerin, eine müde Mutter, eine hektische Wiedereinsteigerin, eine hyperaktive Großmutter, die große, hoffentlich sehr alte Dame des Memoryspiels und noch ein paar andere. Alle fanden einander unerträglich, konnten nichts miteinander anfangen, verstanden kaum, worüber die anderen jeweils redeten. Und dennoch war allen die ganze Zeit über völlig klar, dass sie es mit sich, also mit mir zu tun hatten. Und es war allen auch völlig klar, dass das alles ein Traum war, denn in meinem Traum war ich (auf schwer fassbare Art) noch einmal dabei und warf mir selbst vor: So etwas träumt man doch nicht, in dieser Klarheit! Und daran habe ich gemerkt, dass ich bereits am Aufwachen war – habe mich aber noch eine Weile in meinem Traum gefreut, dass ich diesen Einwand noch berücksichtigen und integrieren konnte.«

Und Anna hatte ein Déjà-vu – aber vielleicht hatte ich ihr diesen Traum tatsächlich schon einmal erzählt (was nicht bewies, dass ich ihn tatsächlich geträumt hatte). Dafür erzählte nun sie einen Traum, in dem die DDR noch existierte und sie gar nicht schnell genug ihren Rucksack habe packen können, »denn ich wusste, wenn ich es nicht hinschaffe, bis ich aufwache, ist sie weg!«

»Und dann bist du aufgewacht und warst in Stuttgart«, sagte Vincent. Wir saßen zusammen in unserer neuen, fast eingerichteten Wohnung, noch war Platz, noch war Zeit bis zur Geburt. Das Jahr ging zu Ende, Vincent war aus Brüssel vorbeigekommen; er kannte einige Leute in der Stadt (unserer neuen Stadt). Anna war über Silvester aus ihrer sich auflösenden WG zu uns geflüchtet. Viele waren am Wegziehen, die ich kannte, oder bereits weggezogen; was mich darüber hinwegtröstete, dass ich es nicht mehr geschafft hatte, eine Abschiedsparty zu veranstalten.

Vincent sah, gravitätisch in seinem Vintage-Gehrock, über die unausgepackten Kisten und Plastiksäcke in sämtlichen Zimmerecken hinweg. Anna, eher bequem im Öko-Wickelstrickkleid, versuchte das Chaos fortzureden: »Ach, wenn ihr wüsstet, wie es bei uns aussieht. Seit dreißig Jahren hat da niemand etwas gemacht. Sobald jemand ausgezogen ist, war sofort jemand anderes drin. Jetzt wollen die Vermieter alles renovieren. Aber sie werden erst mal entrümpeln müssen. Wisst ihr, was das Schlimmste ist?«
Bei Anna musste man in letzter Zeit (in der sie sehr nebenbei ihr Examen mit Bestnoten abgelegt hatte) beständig auf wirklich Dramatisches gefasst sein, deshalb schüttelten wir nur benommen die Köpfe.
»Das Schlimmste«, sagte sie, »sind die VHS-Kassetten. Irgendein Müll bleibt immer in der Wohnung oder im Keller. Aber was seit ein paar Jahren alle da lassen, das sind: VHS-Kassetten. Ich kann mich nicht erinnern, dass viel Video geschaut worden wäre – ja, ab und zu lief das Gerät, aber eigentlich nur zum Aufnehmen. Vor ein paar Jahren ist der Recorder schließlich kaputtgegangen, das war anscheinend auch für die Letzten das Signal, sich von den alten Bändern zu trennen. Jetzt sitze ich bald allein in einer leeren Wohnung voller VHS-Kassetten. Ich

habe keine Ahnung, was da alles drauf ist. Kaum eine ist beschriftet –«

»Ja, ja, ja!« Vincent freute sich. »Die gute alte Video-Zeit! Als man schon speichern konnte, aber abhängig vom Fernsehprogramm war, das sich auch noch halbwegs überblicken ließ. Ja, da hat man den Videorecorder für sich schauen lassen! Zunächst nur, wenn man eine Sendung sehen wollte, die leider zur falschen Zeit lief; später dann, weil alles Interessante prinzipiell zur falschen Zeit lief; und am Ende, weil man sich das bisschen Zeit, das man hatte, nicht vom Fernsehen wegfressen lassen konnte; es aber immer noch Sendungen gab, die zu verpassen sich blöd anfühlte. Jetzt steht endlich alles und mehr jederzeit zur Verfügung – und man kann es mit bestem Gewissen ignorieren.«

Anna schüttelte den Kopf: »Diese Bänder machen mich nervös.«

»Ja, *die* musst du auch anschauen. Alle!«

»Das sind viele hundert Stunden!«

»Vielleicht findest du darauf die DDR wieder«, schlug ich vor.

»Die gibt's auch im Internet«, sagte Jan.

»Ja, natürlich, die *Tagesschau vor 20 Jahren* hat ihren Reiz.« Vincent freute sich sehr. »Aber wenn jemand im Herbst 1989 mit zitternden Fingern zur Kassette gegriffen hat – egal, ob sie schon bespielt war und womit –, um die laufenden Nachrichten mitzuschneiden, einfach für sich; das ist doch was anderes als so eine Fernseharchivkonserve!«

Nicht nur Anna hatte die DDR verpasst. Ich war beim Fall der Mauer zwölf Jahre alt, wir nahmen die DDR schnell noch im Geschichtsunterricht durch (stattdessen wäre die Französische Revolution drangewesen; aber an der kam man im Jubiläumsjahr ohnehin nicht ganz vorbei). Meine Eltern sahen früh morgens Sondersendungen und vergaßen darüber ihr Frühstück:

im echten Fernsehen lief live die Revolution. »Und ich schlug einen Familienausflug vor«, erzählte ich. »Ich wollte nach Berlin. Doch dafür hatten meine Eltern kein Verständnis. Vor Ort gebe es nur verstopfte Straßen.« (Und während ich das, gut einundzwanzig Jahre später, erzählte, dämmerte mir, dass sich mir hier das Geheimnis pünktlicher Eltern zum ersten Mal offenbart hatte.) »Im Fernsehen habe man ohnehin den besseren Überblick.«

»Ist was dran«, sagte Jan knapp.

»Oh ja«, rief Vincent, »und den allerbesten bieten Jubiläumssendungen und Geschichtsbücher, im Nachhinein!«

Dabei war mein Vater (auch das erzählte ich nun) mehr als zweiundzwanzig Jahre zuvor per Anhalter durch halb Deutschland gefahren, um an der Beerdigung von Benno Ohnesorg und am anschließenden SDS-Kongress teilzunehmen. (Ich unterschlug, durch welchen Zufall ich davon erfahren hatte: als ich in meinen ersten Semesterferien meinen Eltern mit naiver Besserwisserei erzählte, was ich in einem politikwissenschaftlichen Proseminar über die Entstehungsgeschichte der Grünen gelernt hatte, die damals gerade in der Bundesregierung angekommen waren – und mir daraufhin anhören musste, wem mein Vater alles persönlich begegnet war).

»Er hat sogar den historischen Moment miterlebt«, erzählte ich, »in dem Jürgen Habermas, der eigentlich schon nach Hause fahren wollte, vom Parkplatz noch einmal zurückgekehrt ist, um mit Rudi Dutschke weiterzudiskutieren – der allerdings war definitiv nicht mehr da.«

»Und?«, fragte Anna. »Ist Habermas dann auch wieder gegangen?«

»Erst nachdem er den Rest der Versammlung vor der Gefahr eines *linken Faschismus* gewarnt hatte. Mein Vater wollte auch keine Eskalation der Gewalt, aber in diesem Moment war er ganz auf Dutschkes Seite.«

»Der nur leider nicht da war«, warf Vincent ein.
»Nach ein paar Jahren hat er das bereits ganz anders gesehen.«
»Dein Vater?«, fragte Anna. »Oder Dutschke? Aber der war doch schon –«
»Alle«, erklärte Jan. »Auch Habermas hat sich hinterher nicht nur von seiner Wortwahl distanziert.« (Und ich hatte mir eingebildet, auch ihm etwas Neues zu erzählen. Immerhin war seine zeitgeschichtliche Bildung nun um meinen Vater im Publikum ergänzt.)
»Ja! Das sind die Momente!«, rief Vincent begeistert. »Man sollte ein Reenactment dieser Szene organisieren!«
Ich versuchte es mir vorzustellen: ein toter Demonstrant (überlebensgroß in grobkörnigem Schwarzweiß), Westberliner Polizei und ostdeutsche Stasi (als Hintergrundfiguren immer noch auf eine Revolution der Tiefenschärfe wartend), im Mittelpunkt *Personen der Zeitgeschichte*, die asynchron aneinander vorbeireden. Dazu fünftausend Komparsen. Herumwabernde öffentliche Meinung (in einer besonderen Rolle: die Springerpresse). Und viel Zeit.
»Dargestellt durch die Schauspielgruppe eines neusprachlichen Gymnasiums unter Anleitung von Fabian!«, rief Vincent begeistert. »Wenn das noch öffentlich-rechtlich ausgestrahlt wird, in irgendeinem Spartensender als Schleife zwischen eins und fünf in der Nacht – dann seh ich auch wieder fern.«

Damit waren wir bei alten Bekannten. Anna hatte gehört, dass Merets *Spirituelle Intervention* einer Nachbarschaftsinitiative zum Opfer gefallen war: »Statt aufschlussreicher Entgrenzungen haben sie mit ihrer Sektensimulation nur Ärger mit den Behörden erfahren dürfen.«
»Tja, auf dem Dorf sind sie eben nicht nur wachsam, sondern auch noch aufgeklärt«, sagte Vincent.
Anna lächelte gequält: »Und jetzt wissen sie selbst nicht, ob

diese Nachbarn einfach nichts von Kunst verstehen oder sie doch vor Schlimmerem bewahrt haben.«
»Immerhin auch eine Erfahrung«, sagte ich.
»Ist Sascha eigentlich noch religiös?«, fragte Vincent. »Ich stell's mir ja nicht einfach vor, in diesen Zeiten den richtigen Moment zur Apostasie zu erwischen, ohne dass das als gesellschaftliches Statement begriffen wird.«
»Nee, nee, da kann er sich nur langsam rausschleichen.«
»Er soll jetzt viel Sport treiben.«
»Hab ich auch gehört, aber auch nicht von ihm persönlich.«
So plauderten wir hin: Veronique verschwendete viel Zeit damit, darüber zu stöhnen, nie mehr Zeit zu haben, Simone war inzwischen Feuilletonchefin und *prominent*, Annkathrin verschickte sehr viele Fotos von ihrem Baby, Daniela war weiterhin in Japan, von Annalena wusste niemand, wo sie inzwischen lebte, Olivia bot hauptberuflich *Rückführungen* an – was Vincent umso mehr faszinierte, als er nie mit ihr zu tun gehabt hatte (und auch Jan, der fast alle nur dem Namen nach kannte, tat uns den Gefallen, so zu tun, als fühle er sich vom Gespräch nicht ausgeschlossen).
»Und du, Anna?«, fragte Jan. »Ziehst du nach Stuttgart?«
Doch selbst darauf wollte Anna sich nicht festlegen; dabei blieben ihr nur noch vier Wochen in der alten WG. Sie murmelte etwas von »einer Coaching-Ausbildung«, aber am liebsten wolle sie in eine nachhaltige WG auf dem Land ziehen oder nach Afrika, NGO oder so –
»Hör auf mit diesen Ablenkungsmanövern. Du wirst doch Lehrerin«, beschied Vincent streng.
Anna seufzte. »Ich weiß auch, dass das alles Luxusprobleme sind. Da will ich zur Zerstörung der Welt so wenig wie irgend möglich beitragen, mehr ist ohnehin nicht drin, weiß ich doch – aber letztlich ist auch diese Schadensbegrenzung durch Selbstminimierung nur so ein jämmerliches Selbstverwirk-

lichungsprojekt, das auf seine Weise Ressourcen verschwendet. Ja, weiß ich! Aber da komm ich nicht raus! Und all die Trosttelefonate und Jammerpostings, die ich deswegen nötig habe, verbrauchen noch mehr Strom!«

»Da ist sogar was dran«, sagte Vincent, »aber es klingt haarsträubend pubertär. Und damit kenne ich mich aus! Ich lebe schließlich von pubertären Impulsen.« Er tat, als ziere er sich, brannte aber nur darauf, uns von seiner Arbeit in der neuen internationalen Agentur zu erzählen. »Es geht bei uns nicht darum, irgendwelche Produkte möglichst attraktiv zu präsentieren«, begann er seinen Vortrag. »Nein, wir kreieren Trends – na ja, wir versuchen, unseren Auftraggebern den einen oder anderen Trend zu bescheren, indem wir so tun, als gäbe es ihn bereits. Ja, es ist ein dreckiges Geschäft. Wir holen die Leute dort ab, wo sie sind, mitten in ihrer Angst, etwas zu verpassen. Denn das ist doch das Lebensgefühl der Kunden. Dabei darf man nicht sentimental sein: das überlassen wir den jeweiligen Produkten, die docken ohnehin dauernd an irgendwelche kollektiven Kindheitserinnerungen an, also an die ersten Warenfetische, denen die armen Kleinen«, er schaute auf meinen Bauch, »ausgesetzt waren – übrigens in West wie in Ost; das ist ja die Ironie, dass man sich gerade an DDR-Waren so gern erinnert. Oder sollte ich *Dialektik* sagen? Passt vielleicht besser – wie auch immer. Sobald ein Trend zündet, noch während sich die ersten Kunden als Entdecker vorkommen, sind wir längst dabei, das nächste große Ding zu entwickeln.«

Anna schüttelte sich. »Ich frage mich, wie Leute von irgendwann, die in unsere Zeit versetzt würden – wie die sich fühlen würden, angesichts dieser großen Aufregung um Stilfragen und Dresscodes und Tipps zur Konsumoptimierung und –«

»Na ja«, sagte Jan. »Man könnte es auch so sehen, dass ein Gemeinwesen schon ziemlich gut funktionieren muss, damit die Leute für so etwas den Kopf frei haben.«

Und Vincent fühlte sich überhaupt nur bestätigt: »Das ist es doch gerade! Selbst die Leute aus Zukunft und Vergangenheit – ja, gerade diese Leute, die sich in unserer Zeit erst zurechtfinden müssten, wären besonders sensibilisiert für die Notwendigkeit herauszufinden, was angesagt ist! Irgendwelche Trends hat es immer gegeben und wird es immer geben; natürlich immer auch Leute, die nichts davon mitbekommen oder denen sie egal sind – oft erliegen die aber nur einem Gegentrend. Nein, nein, eine andere Epoche ist keine Alternative. Zeit ist ohnehin eine Illusion.«
Anna sah ihn zweifelnd an. »Na ja. Mit sechzehn habe ich auch gedacht, es sei keine Kunst, ewig jung zu bleiben.«
»Ich noch mit neunundzwanzig«, gab ich zu.
»Aber das denke ich bis heute!«, sagte Vincent. »Das ist der einzige Weg – man muss es ignorieren.«
»Und sterben musst du dann auch nie?« Anna wollte es wissen.
»Genau! Ja, ich weiß, ich kann nur scheitern. Aber man scheitert doch ohnehin sein Leben lang!«, rief er (mit der fröhlichen Selbstironie eines Mannes, der genau wusste, dass seine persönliche Chancenausbeute in jeder Hinsicht weit über dem Durchschnitt lag).
Jan fragte nach dem aktuellen Stand seiner Rentenansprüche. Und Vincent hatte ihn im Kopf.
»Siehst du«, rief Anna. »Siehst du! Siehst du!«
»Ja«, sagte Vincent fröhlich, »aber ich meine es so.« Andererseits war er großzügig; auch was seine Meinungen betraf. Und musste uns trotzdem weiter behelligen mit einem Impulsreferat über Relativität und ewige Wiederkehr, zyklische Zeitvorstellungen in jeder irgendwie relevanten Kultur; auch bei uns drehten die Uhrzeiger sich schließlich im ewigen Kreis. Anna schien nun nicht unbeeindruckt.
»Und dennoch«, rief ich, »muss man alles der Reihe nach erle-

ben! Du magst das jetzt für unterkomplex halten, für ignorant, für *deutsch* – aber meine Lebenszeit kennt nur eine Richtung. Stur linear. Und auch du entkommst der Chronologie nicht. Das Bewusstsein kann mal was durcheinander werfen, das Gedächtnis sowieso – aber selbst wenn ich in Erinnerungen versinke; es geht immer nur weiter, allen Gedankenspielen zum Trotz. Und wenn ich an das Kind denke – da! Das regt sich auch schon auf!« Eine Ausbuchtung zeigte sich auf der linken Seite meines großen Bauchs. »Das dreht keine Runden! Das wächst immer weiter, und dann kommt es raus. Es gibt nie ein Zurück! Es gibt nicht einmal Pausen!«

»Ach, du. Du hast ja gerade keinen Zyklus«, es war Silvester, die anderen durften trinken, ich hatte meine Hormone. »Glaubst du auch noch an die Kontinuität von Identität?«

»Theoretisch nie«, sagte ich, »in der Praxis unbedingt – soweit ich meine Ichs unter Kontrolle habe.« Aber es war mir ernst: »Ja, ja, ja, es gibt all diese Zeit, viel zuviel Zeit, jede Menge vergangene Zeit, zukünftige Zeit – aber sie mag uns noch so belasten, bedrängen, belauern; sie steht uns nicht zur Verfügung. Mit dem Kauf jedes Antiaging-Produkts gestehen wir uns das ein.«

Und Jan sekundierte mir: »Es mag verheißungsvoll klingen, doch es ist ein Fluch! Ja, die Natur erneuert sich jedes Jahr, auf ihre grausame Art. Das sieht schön grün aus. Aber zu welchem Preis!«

»Ich hänge nun mal an meinem Bewusstsein!«, rief ich. »Ich hab doch sonst nichts. Und mein Bewusstsein weiß leider, dass es den Tod noch so sehr vereinnahmen kann – es hat keine Chance gegen ihn!«

»Ja, diese Fiktion, dass, wenn man nur aufhört, den Tod zu verdrängen, am Ende keine Notwendigkeit mehr dazu besteht. Als ließe sich der Tod zu Tode berücksichtigen oder im Chaos symbolischer Tauschaktionen großzügig vom Tisch fegen.«

»So wie in diesen Sterben-Lernen-Seminaren, in denen extrem-individualistische Mittzwanziger einander ihre Nahtodfantasien erzählt haben und sich dadurch noch ein bisschen unsterblicher fühlten!«
»Ach. Du hast diesen Blödsinn auch mitgemacht?«, fragte Anna.
»Quatsch. Ich hatte doch meinen Fahrradunfall.« (Mit dem ich so viel näher am Leben allerdings auch nicht dran war.)
Vincent winkte nur ab: »Schon gut. Habt ihr noch weitere Argumente? Nur immer her damit. Ihr müsst ja erwachsen werden. Los! Es wird Zeit.«
»Ja, ja, ja! Wart's nur ab. Wenn ich erst mal das Kind aus mir herausgepresst habe –«
(»Als ich noch groß war und ihr klein«, würde unser Baby vier Jahre später sagen.)

Anna erinnerte an die Weltgeschichte: in Tunesien bewegte sich etwas (und würde bald auf die Nachbarländer übergreifen und weit darüber hinaus). Das Kind in meinem Bauch rührte sich. Der alkoholfreie Sekt schmeckte scheußlich. Vincent floh zu einer richtigen Party.

und alles was ist, dauert drei sekunden
eine sekunde für vorher, eine für nachher, eine für mittendrin

(PeterLicht, *Sonnendeck*)

Das Kind ließ sich Zeit. Und wir waren so gut vorbereitet. Wir wussten, dass ein großer Moment auf uns wartete. Selbst die Hebamme im Babykurs sprach von ihrer Geburt, wenn sie die ihres Sohnes meinte. Und betonte immer wieder, mit umso mystifizierenderem Understatement, dass es sich um das Normalste der Welt handle: eine natürliche Geburt, ein Ereignis (danach würde mein Fahrradunfall nichts mehr sein). Wir wussten, dass sich unser Leben ändern und nichts mehr so sein würde wie bisher (wie es die klassische Drehbuchdramaturgie von jedem publikumsträchtigen Plot verlangt).

Wir wussten bereits, wie unser Baby aussah, in 3D am Daumen nuckelnd. Im Ultraschall entwickelte sich alles termingerecht. Zwischen den Kontrolluntersuchungen informierte ich mich im Internet darüber, was in mir stattfand (und hätte am liebsten eine Kamerastandleitung direkt in meinen Bauch gefunden; begnügte mich mit den großen Momenten der anderen, all den Planungen und Berechnungen und Überzeugungen und Entscheidungen, je ausführlicher, desto besser, auch wenn ich längst zu wissen meinte, was weltanschaulich von welcher Gebärideologie zu halten sei; ich fieberte, atmete, stöhnte blutüberströmte Bildstrecken im Nachhinein mit, voll Erleichterung, wenn am Ende alle sehen konnten, was diese unfassbar weit geöffneten fremden Geschlechtsteile ausgestoßen hatten; und klinkte mich erst aus, wenn ich auf einmal auch die zugehörigen Verwandten kennen oder mich für neue Frisuren interessieren sollte, während es ums Leben ging, um Schmerzen, Qualen, Ängste und Krisen, Risse und Schnitte,

Überraschungen und Komplikationen). Ich war auf alles eingestellt, auf Risiken aller Art (als könnte ich sie so bannen: immerhin hatte das mit den Schwangerschaftskreuzschmerzen bereits geklappt; mit denen hatte ich bei wachsendem Bauch so fest gerechnet, dass mein Rücken letztlich überhaupt nicht zu spüren war).

Seit einem Monat hatte ich Vorwehen: Naturgewalten regten sich in mir, zweimal fuhren wir voreilig ins Krankenhaus, doch der Wehenschreiber entschied, dass das noch gar nichts war. So verstrich der Geburtstermin. Wir begannen uns Sorgen zu machen, weil sich immer noch nichts (nicht genug) tat, und gleichzeitig breitete sich eine befremdliche Erleichterung aus (als ließe dieser Termin sich beliebig verschieben, als könnten wir ihn am Ende auslassen, vergessen).

Zwei Wochen zuvor hatte ich mich noch beeilt, um meine bemüht professionellen Kommentare zu einem Serienkonzept rechtzeitig vor der Geburt an die Produktionsfirma zu schicken, der mich meine Ex-Chefin empfohlen hatte; jetzt lagen auf meinem Schreibtisch nur eine sechste Drehbuchfassung von Patrizia (die ich mit meiner viel zu ausführlichen Privatkritik gründlich verwirren würde) und Felix' Notizen zu unserem Großonkel. Er interessierte sich seit kurzem für die Familiengeschichte und versuchte zu recherchieren, was noch (»bevor auch die anderen alle sterben«) zu recherchieren war. Und gleichzeitig eine Diplomarbeit daraus zu machen; was in vielen methodologischen Überlegungen seinen Niederschlag fand. (Über den Helden der Familie würde auch er letztlich wenig in Erfahrung bringen; aber immerhin genug, um Kontakte zu Widerstandskreisen zu bestätigen; und damit in mir Bilder von geheimen Treffpunkten aufzurufen, von engen Gängen, düsteren Verstecken, geflüsterten Absprachen, heim-

licher Liebe, verhängnisvollem Vertrauen und tiefen Zweifeln an der eigenen Verlässlichkeit, auch von Schwächen und Marotten (viele fromme Phrasen und dennoch etwas vom zackigen Tonfall dieser Zeit oder erste Anzeichen der späteren Alkoholabhängigkeit); sogar im Gefängnis sei unser Großonkel gewesen, wenn auch nur für wenige Wochen (aber ich sah gleich das Fallbeil niedersausen auf Sophie Scholl). Seltsamerweise (denn ich hätte nie daran gedacht, meine Zeit mit einer so umfangreichen Verwandtschafts- und Archivbefragung zu verschwenden) nahm ich es Felix übel, dass er damit nach dem Win-win-Diktat auch seinen Uniabschluss bestreiten wollte.)
Abends gingen wir essen, ins Kino, ins Theater, bis spät in die Nacht spazieren, soweit sich mein Bauch tragen ließ – wir hatten uns genau diese Tage so frei gehalten, dass wir sie irgendwie füllen mussten. Im Internet mied ich nun die Mama-Seiten; ich wusste bereits zuviel (bildete ich mir ein). Nur ein paar mögliche Vornamen und Namenskombinationen überprüfte ich per Suchmaschine auf Häufigkeit; und meinte einen Augenblick lang, bereits den link zu einem Wikipediaeintrag über unser Kind, seine Biografie und Rolle in der Weltgeschichte zu entdecken – eine Versuchung, ein Schock; eine Täuschung (was sonst).
Gelegentlich lieferte ich mich den Nachrichten aus, düsteren Abgesängen auf den arabischen Frühling (von bis zuletzt verzweifelt optimistischen Korrespondenten, die den hoffnungsvollen Keim gegen die eigene Skepsis, gegen alle Gewalt und die Ahnung noch kommender Gewalt zu verteidigen suchten) und Berichten von der Nuklearkatastrophe in Fukushima, die erschreckend gut zum nahenden Tschernobyl-Jubiläum passte; und in diese Welt setzten wir ein Kind (da dachte ich doch lieber an den letzten bunten Vorhang, der im Babyzimmer noch fehlte).

Die echten Wehen erkannte ich nicht sofort, als sie mich am fünften Tag nach dem errechneten Geburtstermin weckten. Die Schmerzen hielten sich in Grenzen, aber eine Erschütterung tief im Körper, die mich nicht wieder einschlafen ließ, begleitete sie. Dennoch wollte ich nicht noch einmal zu früh in die Klinik fahren, sondern wartete, bis Jan wach wurde; telefonierte zu seinem Frühstück (ich hatte keinen Hunger) mit Melanie, gratulierte ihr zu ihrem Geburtstag – aber dann ließ sich nichts mehr verschieben, nichts vertagen. Die Krämpfe nahmen an Intensität und Häufigkeit zu; es gab da eine Regelmäßigkeit, die uns schließlich doch ein Taxi rufen ließ. Der Fahrer erkannte auf den ersten Blick, dass wir es eilig hatten: »Bitte nicht hier im Wagen! Ich habe zwei Kinder, ich weiß, ich ertrage das nicht« – ein vielversprechender Einstieg. Ich war bereits darauf eingestellt (nach all den Berichten und Geschichten, aus dem Internet, von Freundinnen und Geburtsvorbereitungsbekannten, konnte ich nicht anders), hinterher von dieser Geburt zu erzählen. Die Grundelemente der Erzählung (Schmerzen, viel Zeit, ein medizinischer Eingriff nach Ermessen, ein obligatorischer Kommentar zum Verhalten des Partners, am Ende – ein anderes Ende kam allen Ängsten zum Trotz nicht in Frage – fassungsloses Glück, eine Kombination aus überwältigender Hormonschwemme, Erschöpfung, Erleichterung und neumütterlicher Zärtlichkeit) standen bereits fest (drei Tage später noch der Babyblues, der manchmal auch ausfiel, sich manchmal zur Depression auswuchs, ich rechnete mit allem; vor der Geburt zumindest: danach würde ich nicht mehr daran denken). Und dass ich alle Schmerzen wieder vergessen haben würde; diese Erwähnung durfte am Ende nicht fehlen – je nach Laune mit dem wissenden Nachsatz *Würde man sie nicht vergessen, hätte keine Frau mehr als ein Kind* gekrönt (ja, das Schmerzgedächtnis ist nachlässig und muss es sein; um das zu erfahren, hatte allerdings mein Fahrradunfall gereicht).

Doch das hatte Zeit: jetzt war ich mittendrin, verspürte inzwischen heftige Krämpfe (wie ins Extrem gesteigerte Menstruationsbeschwerden, unterlegt mit dumpfen Stößen, immer deutlicher spürte ich den Babykopf hart an meinem Becken, er drückte auf die Knochen, auf Blase und Darm); aber nun waren wir auch angekommen, im Krankenhaus.
Die Schmerzen waren inzwischen so intensiv, dass ich das Ganze (auf die Gefahr hin, wenig zu erzählen zu haben) gern übersprungen hätte; aber da hilft nichts, da müssen wir durch, alles ist bereit, der Kreißsaal mit wenigen Notfallmodulen auch in einen OP zu verwandeln (doch dazu wird es nicht kommen, keine Angst). Man hatte sich halbherzig bemüht, das Medizinische im Raum zurückzudrängen: die Wände waren in Standard-Esoterikpastell gehalten, vor der winzigen Wellnessecke mit Minipool standen und lagen Gummigymnastikgeräte, die es anscheinend auch nur in dieser Farbpalette gab; es hätte an den Trainingsraum eines Rehazentrums erinnert, wenn aus dem Nebenraum nicht die Schreie einer Frau gedrungen wären, sehr regelmäßig, sehr laut.
Ich lag auf dem breiten Bett in der Mitte des Zimmers, mit Blick auf ein naivbuntes kleines Kruzifix und eine große Uhr. Wieder hing ich mit zwei Kabeln am Wehenschreiber. Die Hebamme war mit den Ausschlägen zufrieden. Sie strahlte viel Ruhe aus, untersuchte meinen Muttermund, er machte Anstalten, sich zu öffnen: »Das wird heute noch was.« Die Uhr zeigte zehn vor elf. Die Hebamme ermahnte mich zu atmen, fragte, ob ich ein Schmerzmittel wolle, und verschwand.
Jan atmete nicht mit mir mit, er war nur da, hielt meine Hand, und das tat gut (er zeigte so wenig Nervosität, dass die Hebamme ihn am Ende fragen würde, ob er Mediziner sei; doch er war nur gut vorbereitet; auch wenn er als Antwort behaupten würde, dass das Neben-dem-Geschehen-Stehen ihm nun mal liege).

Im Babykurs hatte man uns geraten, Musik zur Untermalung des großen Moments mitzunehmen, doch sämtliche erwähnten Beispiele, angeblich aus dem wahren Leben, vom *Lohengrin*-Vorspiel über Kitaro, den *Jurassic Park*-Soundtrack und den *Liberty Bell*-Marsch bis zum *Walkürenritt*, waren doch nur zu Abschreckung und Belustigung gewählt. Nun hätte ich nicht ungern mit etwas Lautem die Schreie von nebenan übertönt. Stattdessen hatte ich mir Trost und Beistand von Ror Wolfs Katastrophenlyrik versprochen: leichte Reime, schnelle Abgründe, gepflegte Ablenkung, die nichts banalisierte außer sich selbst (*doch er wird den Ausgang schon noch finden / vielleicht vorne, Leser, vielleicht hinten*). Aber bevor Jan das Buch aufschlagen konnte, kam die Hebamme wieder, mit einem Laptop, um die letzten fehlenden Anmeldedaten einzugeben. Während sie meine Angaben eintippte, stürzte der Computer ab; als er endlich wieder lief, musste ich alles noch einmal beantworten. Kaum waren wir bei Allergien und Unverträglichkeiten, brach das Programm abermals zusammen. Die Hebamme verlor für einen Moment ihre Gelassenheit, sie fluchte und holte Hilfe. Es dauerte, aber beim nächsten Versuch kamen wir immerhin bis zu der Frage, ob Medizin-Praktikanten bei der Entbindung zuschauen dürften. Ich zögerte – und das Programm war wieder weg. Endlich hielt es durch bis zum letzten Punkt: ob wir einverstanden seien, wenn das Krankenhaus ein Babyfoto ins Internet stelle.
»Nein«, schrie ich. Irritiert schaute die Hebamme auf; dann fragte sie wieder, ob ich ein Schmerzmittel wolle. So heftig waren die Kontraktionen immer noch nicht; »nur wenn das bis heute Abend so weitergehen soll, in dieser Intensität«, denn die war neu.

Und für Medikamente war es zu spät: mein Muttermund hatte sich vollständig geöffnet. Es war inzwischen kurz nach

zwölf. »Jetzt brauchen wir die Presswehen!«, rief die Hebamme, endlich in ihrem Element. Sie klappte den Computer zu und entfernte die Kabel meines Wehenschreibers, ohne seinen Aufzeichnungen noch einen Blick zu gönnen.
Wieder baute sich eine Schmerzwelle auf, fast verschlug es mir den Atem, doch ich holte tief Luft und presste, presste, presste (wie ich es gelernt hatte), danach entspannte sich alles, auch Jans Gesicht.
»Das ist jetzt Echtzeit«, sagte ich, und er nickte, ohne Kommentar, »gleich wird es zwar wieder anstrengend, aber das steh ich durch.« Und er nickte noch einmal, dann verzog er wieder sein Gesicht, weil ich unvermittelt zu brüllen begann.
»Ja, degenerierte Tiere sind wir«, sagte ich, als der Schmerz nachließ, »dass wir uns so quälen müssen, jedes Schaf kann das eleganter – oh, und die Seepferdchen! So locker und elegant; bei denen übernehmen das übrigens die Männer«, und wieder überwältigte mich der Schmerz, »pressen!«, rief die Hebamme, die bereits zwischen meinen Beinen Platz genommen hatte, und ich presste. Wenig schien sich zu rühren.
»Bei Annkathrin hat es insgesamt dreißig Stunden gedauert, bei Gabriella sieben, und dann gab es da einen Fall im Internet –«, sagte ich, sobald ich zu Atem und gleich auch wieder in Plauderlaune kam, die allerdings nicht lange anhielt – »egal«, fuhr ich fort, als die nächste Welle abebbte, »weißt du, wie Annkathrin das beschrieben hat? So eine Geburt, das sei wie untrainiert einen Viertausender zu besteigen«, und ich sah mich freizeitheroisch an der Steilwand hängen, nicht vor und nicht zurück können, und war froh, auf diesem gynäkologischen Bett zu liegen, mit Jan neben mir, »und wieder pressen!«, rief die Hebamme ruhig, aber bestimmt.
»So schlimm kann das nicht werden, das muss auszuhalten, das muss zu schaffen sein«, flüsterte ich, »andere haben das auch geschafft, sonst wär die Welt nicht so voll«, und ich fand

dieses Argument ernsthaft beruhigend, und dass Jan nichts dazu sagte, ignorierte ich, ich holte Luft, viel Luft, ich musste doch atmen, schließlich atmete ich für zwei, noch atmete ich für zwei, und dann schrie ich wieder und presste mit aller Kraft, und immer noch schien sich nicht viel zu tun.
»Aber am Ende«, stieß ich, allmählich heiser, hervor, »wird doch alles gut gegangen sein, und ich werde behaupten können, das von Anfang an gewusst zu haben.« Und Jan nickte (und würde hinterher erzählen, so direkt nach besonders unartikuliertem Gebrüll habe meine Grammatikkompetenz ihn überrascht). »Hilfe!«, rief ich in der nächsten Ruhephase aus. »Was macht denn Daniela?« Das fiel mir erst jetzt ein. »Die ist doch in Japan!«

Es war halb eins, inzwischen hatte ich den Rhythmus begriffen, endlich hatte ich auch den Eindruck, dass das Kind im Geburtskanal vorankam. Und dennoch fürchtete ich mich von Mal zu Mal mehr vor dem nächsten Krampf. Die Frau im Nebenraum hatte ihre Wehen leicht versetzt zu mir, die Wände schienen ihre Schreie kaum noch zu dämpfen.
»Bin ich jetzt schon auf 2000 Meter oder sogar auf 3600? Und warum habe ich nicht konsequenter trainiert?«, fragte ich mich beim Zähnezusammenbeißen (später würde ich Annkathrin abwiegelnd erzählen, bei mir sei es doch kein Viertausender gewesen, gerade mal ein Tausendfünfhunderter – allerdings mit ziemlich steilem Gipfel).
Statt die Hebamme (auf deren Zeitvorstellungen ich nicht mehr viel gab) nach ihren Erfahrungswerten zu fragen, rechnete ich ins Blaue hinein, wie oft ich dieses Pressen würde durchstehen müssen: »Das nächste Mal ist noch okay, das Mal danach auch, und fünf- oder zehnmal – kein Problem. Aber vierzigmal schaff ich das nicht mehr«, sagte ich mir und hielt die Luft an und presste, presste, presste und atmete auf und

rechnete weiter: »Zwanzigmal, das wäre hart, aber machbar, auch fünfundzwanzigmal, ja, zur Not dreißigmal – nur vierzigmal, das wär zuviel, aber fünfzehn- oder zwanzigmal, das wäre eine Perspektive, selbst wenn es am Ende doch länger dauert – irgendwie werde ich auch das durchstehen, wenn es nur nicht viel mehr als zwanzigmal wird« (versuchte also mit mir selbst einen Countdown zu meinen Bedingungen auszuhandeln, um mich nicht ganz so ausgeliefert zu fühlen), und das nächste Mal presste ich noch verzweifelter, mit aller Kraft.

»Du schaffst das, du schaffst das«, flüsterte Jan, sehr nah an meinem Ohr (beunruhigt, weil ich zu quasseln aufgehört hatte, beruhigt durch mein Lächeln, als die Kontraktionen nachließen), er räusperte sich und fing an, irgendetwas von einer Situation zu erzählen, in die man schnell gerate, aus der man aber genauso schnell auch wieder rauskomme und die im Nachhinein so schlimm nicht gewesen sein würde – was in der Situation, natürlich, wenig helfe, selbst wenn man es wüsste, oder gerade dann, denn das könne auch blockieren (und ich fühlte mich von ihm tief verstanden; erst viel später würde ich begreifen, dass er gleichzeitig ganz woanders war in diesem Moment der Angst), dann musste ich wieder pressen, und – »oh, die Fruchtblase«, rufe ich, denn alles wird nass, die Hebamme reagiert prompt, wischt, hat eine frische Unterlage zur Hand, und auf einmal füllt sich der Raum, ein Arzt und mindestens drei Praktikantinnen stehen um uns herum, die eben vielleicht noch im Nebenraum, aus dem weiterhin regelmäßiges Geschrei dringt, um ein anderes Bett oder ein Wasserbecken oder einen Pezzi-Ball herumgestanden haben; aber hier geht es nun schneller – zumindest sollte es schneller gehen, wie mir die Hebamme in aller Ruhe signalisiert, die Farbe des Fruchtwassers habe ihr nicht gefallen, und so schreie und presse ich, wie ich kann, schnappe zwischendurch Luft, glaube verzweifelt daran, dass sich etwas bewegt, und wieder rechnet es in mir (zehnmal ist gut, nein, gar nichts ist gut, aber zehnmal schaffe ich, auch zwölfmal, allerhöchstens zwanzigmal – ja, ich bin bereit zu zwanzigmal, noch zweiundzwanzigmal!, aber nicht mehr), rechne die Schmerzen, den Druck, die Angst, diese ANSTRENGUNG weg – und wieder Gebrüll (eine gute Woche würde meine Stimme brauchen, um sich zu erholen), ich presse, presse, presse, wieder Ruhe, die Uhr geht auf eins zu – wie lange soll das noch so gehen, wenn ich das zuverlässig wüsste, könnte ich mich darauf einstellen (als wär dann alles gut), und wieder schreie ich. Die Hebamme gibt zuversichtliche Parolen aus, ich grunze (kann in dem Moment nicht genauer ausführen, dass ich es gern konkreter hätte).

Der Arzt betrachtet mich von allen Seiten; auf allen Seiten einen Schritt von meinem Bett entfernt. Die Praktikantinnen halten sich im Hintergrund, verteilen sich um die Turngeräte, nur Jan ist nah bei mir, doch ich schicke ihn weg, auf die andere Seite meines Bauchgebirges, damit er in mein Innerstes schaut – auch wenn ich weiß, wie so etwas aussieht, und ihm den Anblick lieber ersparen würde – aber ich komm dort nicht hin und brauch es genau: »Ist was zu sehen?«, flehe ich mit rauer Stimme und presse, noch verzweifelter, »ja«, sagt er, »ja«, aber draußen ist gar nichts, und deshalb muss ich wieder fragen, von ihm will ich's wissen, »ja, die Haare, man sieht schon die Haare«, und die Hebamme bleibt ruhig und stört sich nicht daran, dass sie nicht gefragt ist. Und ich atme und muss schon wieder pressen, jetzt und jetzt und jetzt und jetzt und – jetzt – »oh, das würde ich jetzt wirklich lieber verpassen, das Bewusstsein verlieren, mich ausklinken, nicht so entsetzlich zuständig sein, bringt das doch bitte ohne mich zu Ende«, aber das sage ich nur zu mir (und mein Bewusstsein bekommt noch alles mit und überweist es weiter ins Gedächtnis). Ich presse, presse, presse, aber nichts geht voran, da kann Jan sich bemühen, wie er will, er sieht weiterhin nur ein paar Haare, ich spüre doch selbst, dass das Baby festhängt, nicht vor, nicht zurück kann im Geburtskanal, es ist zu groß, ich bin zu eng, doch ich presse, was soll ich sonst tun, und jetzt greift der Arzt ein, ertastet durch meine Bauchdecke die Füße des Kindes und drückt und schiebt, und ich presse, und die Leute im Raum sind auf einmal ein Team, alle feuern mich an, wie zuletzt (lange her) beim 800-m-Rücken-Halbfinale (nur noch sechs Bahnen, nur noch fünf, nur noch vier), aber ich muss mich konzentrieren, schließlich geht es hier um keinen Highschool-Wettkampf, sondern um alles (im Nachhinein würde von einer komplikationslosen schnellen Geburt die Rede sein). Und dennoch ist es diese Sporterinnerung, die mir unangebracht scheint (selbst beim Pressen, außer mir vor Qual, habe ich für Stilfragen noch Sinn – und dafür, auch das als unpassend zu erachten), mich aber dazu bringt, wirklich alles zu geben, und ich presse, spüre den harten Kopf in mir, spüre eine Spannung, einen Schmerz im Gewebe, und ich presse, der Arzt schiebt, und ich denke: »hoffentlich gibt das keinen zu großen Riss«, da – schon geschehen, ein Wundschmerz übertrumpft die Krämpfe, doch nun bewegt sich etwas, und ich presse noch einmal, alles krampft sich zusammen in mir vor Schmerz (viel zu heftig, um einfach so vergessen zu werden), und ich beschließe – noch ein Stoß – also, das, *das merke ich mir*! (Und daran, dass ich mir das gesagt habe, würde ich mich auch erinnern können; während sich die Anstrengung, alle Schmerzen wie prophezeit schnell in postpartales Wohlgefallen auflösen würden.) Ich spürte, wie endlich, schmerzhaft, doch befreiend, der Babykopf durch mich hindurchglitt –»sag mir, dass der Kopf schon draußen ist«, wollte ich Jan bitten, aber da bemerkte ich, dass alles bereits vorbei war. Jemand quäkte, noch nicht daran gewöhnt zu schreien. (Und ausgerechnet diesen einen Moment, in dem das Kind seinem Kopf hinterher in

einem Schwung herausgeflutscht, von der Hebamme sicher aufgefangen worden war, hatte ich verpasst.)
Es war zwanzig nach eins. Die Frau im Nebenraum schrie immer noch, sie schien nicht heiser zu werden. Jan schnitt die Nabelschnur durch. Dann lag das Baby auf meinem Bauch und sah ganz anders aus als in 3D (aber auch damit hatten wir gerechnet). Ich versuchte mich mit hysterischen kleinen Ausrufen in die Euphorie hineinzusteigern, auf die man mich vorbereitet hatte und die ich nun auch haben wollte (wenn schon einmal so ein wirklich hartes, wirklich dickes Ding durch die Vagina rutscht; doch auch da war ich falschen Erwartungen aufgesessen). Erleichterung war alles, was ich erreichen konnte (die sich im Lauf der Zeit allerdings ausreichend würde verklären lassen). Das Kind schien sich nicht daran zu stören, es lag auf meinem Bauch, mit großer Selbstverständlichkeit (aber wahrscheinlich auch nur Erschöpfung und Überforderung, willkommen im Leben).

Zeit für Nachwehen. Jetzt wo es mit den heftigen Stößen vorbei war, konnte ich mir Wehleidigkeit leisten; während des Nähens, während der Nachuntersuchungen, bis klar war, dass kein Stück Nachgeburt sich noch in mir versteckte, bis alles verheilt war, sich auch die Hämorrhoiden vom Pressen zurückgebildet hatten (aber vergessen wir das; der Schmerz verging, wie alles vergeht).

Meine Eltern kamen zu früh ins Krankenhaus und gingen zu spät, bestaunten ihr Enkelkind so überschwänglich, dass das Kind, das ich einmal gewesen war, eifersüchtig wurde (die Mutter, die ich jetzt war, suhlte sich in den Komplimenten). Sie schenkten uns einen nostalgischen Kinderkalender, ein Reprint aus dem Verlag, der früher meinen Großeltern gehört hatte, und eine Flasche wirklich sehr gutes Olivenöl. Und das ernstgemeinte Versprechen, jederzeit anzureisen, wenn wir einen Babysitter brauchten. (Denn sie wussten selbst noch nicht, wie dicht ihre Kalender sich über die Jahre gefüllt hatten mit Terminen und Routinen, die sich so leicht doch nicht mit einem neuen Leben vereinbaren ließen.)

Jans Großeltern strahlten, zitterten – jetzt, wo das Kind da war – nur mehr vor Glück. Als hätte die Familientragödie bereits dadurch einen endgültig guten Ausgang genommen, dass die Geschichte weiterging.

Sonst war ihr Thema eher das Glück. Glückliche Ehe, glückliche Familie. Meine Kinder hatten jedenfalls eine glückliche Kindheit. – Nur dass sie das Glück für allzu zerbrechlich hielt. [...] Glücksbesessenheit, an deren Grund wie ein trüber Bodensatz immer neu der Verdacht sich sammelte, dass alles vergeblich war.

(Christa Wolf, *Kindheitsmuster*)

Und wieder war Sommer. Und schon wieder waren die Supermärkte voll mit Lebkuchen und Nikoläusen. Und schon wieder Tauwetter und schon wieder Hitze. Das Baby lebt im Hier und Jetzt, seinen Trieben ausgeliefert. Das Kind will alles sofort und versteht nicht, dass noch etwas bleiben muss, auf das man sich freuen kann. (Wenn das nicht nur ein billiger Trick von uns ist; bald wissen wir das selbst nicht mehr.) Wir hetzen uns ab, um dem Kind seine Zeit zu lassen. Denn Timing ist alles: wenn der Tagesrhythmus stimmt, wenn der Schlafrhythmus nur stimmt, kann man so ein Kind auch mal vertrösten, dann kann man sogar drängeln (am besten solange noch Zeit ist, das in aller Ruhe zu tun): um ganz darauf zu verzichten, dafür gibt es zu viele Vögel, Katzen, Hunde, Menschen, Bagger auf der aufregenden Welt und zu viele Pfützen zum Hüpfen und Spritzen, Steinchen zum Spielen, Hauswände zum Streifen, Streicheln, im Vorüberfahren, später im Gehen. Das Kind sagt zu jedem Augenblick ja und wieder ja, ja, ja, ja und nochmals ja, ja, ja, ja (und warum soll es auf die Freude von morgen warten, wenn es an jeder einzelnen Wiederholung soviel Vergnügen hat).

Natürlich hatten wir vorher gewusst, dass wir nie mehr Zeit haben würden, konnten uns also über jede ruhige Stunde freuen. Nichtsdestoweniger raste die Zeit. Sobald wir begriffen hatten, in welcher Entwicklungsphase unser Kind sich befand, war sie bereits vorbei. Die Krabbeldecke weggeräumt, das Laufrad zusammengebaut, keine Windeln mehr gekauft; das Kind entwickelte sich, wir konnten nur reagieren. Die Geburt, selbst die Stillphase (trotz gründlicher Vorbereitung fand ich die Erfahrung, wie ein echtes Tier zur Nahrungsproduktionsmaschine zu werden, noch erstaunlicher als alle Entwicklungen in meinem Bauch zuvor) interessierten mich bald kaum noch; meine ganze wunderbare biologische Funktionalität verblasste angesichts des faszinierenden geheimen Programms, nach dem das Kind von selbst anfing zu robben, zu krabbeln, sich hochzuziehen, zu laufen, zu lallen, zu brabbeln, zu sprechen –

»Schon passiert!«, sagt das Kind. Unter seinen ersten Wörtern ist der eigene Name. Später nennt es sich Ich. Und fängt an, damit zu spielen, dass es auch andere Namen haben könnte, erzählt sich radikal fragmentierte und collagierte Geschichten voller Bilderbuchmonster und Trickfilmfiguren und ohne uns (erst danach kommt es zu uns geschlendert, um sich zum guten Ende eine Portion Bestätigung zu holen, es selbst zu sein). Es ist drei und setzt sich in die Vergangenheit, bevor es die Formen korrekt zu bilden weiß. (Denn eine richtige Geschichte spielt in der Vergangenheit, Jan erinnert sich: »Als Kind, als Indianer, als Außerirdischer, als Pirat hab ich beim Spielen immer im Präteritum gedacht – also damals noch Imperfekt, das habe ich aber auch erst später gelernt.«)

Was *gestern* war, ist ebenfalls vorbei, aber wirklich passiert, gestern, vor vier Tagen, drei Wochen, zwei Monaten oder noch am selben Morgen vor dem Kindergarten. Das Kind wird sich an diese Phase schon bald nicht mehr erinnern, obwohl und weil es ständig speichert, verarbeitet und weiterspeichert und sich langsam, allmählich zurechtfindet in der Zeit (soweit das denn möglich ist). Wir Erwachsenen kennen uns im Kalender aus und fragen uns dennoch ständig, wann was war (und was das Kind damals gemacht, schon alles gekonnt hat; *wie weit es war* auf seinem eigenen Zeitstrahl): auch das Gedächtnis wird unpünktlich. Zufälle helfen: das plötzliche hohe Fieber (von all den Kleinkinderkrankheiten dieses eine, schnell überwundene Fieber) an dem Abend, als ich unbedingt zur Post musste, um Patrizias drehfertige *Sammel-Wut* zusammen mit meiner Abrechnung an ihre Produktionsfirma zu schicken (mit der ihr eigenen Beharrlichkeit hatte sie es nicht nur bis zu dieser elften Fassung gebracht, sondern war auch bei mir als ihrer persönlichen Dramaturgin geblieben), das lässt sich zuordnen; auch der (glimpfliche) Schaukelunfall zwei Jahre später, während der fertige Film auf einem sehr kleinen Festival einen Überraschungserfolg feierte, weil kurz zuvor bekannt geworden war, in welchem Ausmaß Geheimdienste das Internet überwachen, und die leise Tragikomödie plötzlich politisch, prophetisch erschien. Bei der ersten Fernsehausstrahlung, wiederum anderthalb Jahre später, würde vor allem die diffuse Verunsicherung wahrgenommen, die den Film grundierte und über die ich mit Patrizia viel diskutiert hatte; letztlich war ich froh, dass sie mein Verlangen nach nachvollziehbarer Motivation ignoriert und keine konkreten Gründe für die Ängste des Protagonisten konstruiert hatte; dadurch erhielt diese auch vom Darsteller sehr ruhig angelegte Figur etwas Unheimliches, gleich zu Beginn, bei der minutiösen Kontrolle seiner Vorräte, diesem immer bedrohlicher wirkenden Bollwerk aus Batterien, Bindfäden, Klopapier und Klebeband gegen die Zumutungen einer veränderlichen Welt. Mir erschien das umso überzeugender, je weniger persönliches Verständnis ich dafür aufbringen konnte; je mehr meine jungmütterliche Universalbesorgnis nachließ: ich fürchtete immer noch, unser Kind könne einmal im falschen Flugzeug, im falschen Zug, beim falschen Mann, der falschen Frau seiner Träume landen, doch allmählich fiel es mir leichter, das der Zukunft zu überlassen.

Allerdings fotografierte ich wieder: ein Foto nach dem anderen von diesem Kind, damit es ewig so lieb und niedlich aussehen konnte. Und litt gleichzeitig unter allem, was sich in meinem Leben nach Stagnation anfühlte. Ich hoffte auf Anschlussprojekte, die nicht kamen (Patrizia zeigte mir zwar weiterhin ihre Fassungen, doch bis zum nächsten Drehbeginn würde es wieder dauern), arbeitete als freie Lektorin mal viel, meist sehr wenig (nach Bedarf, nie nach meinen Bedürfnissen), begutachtete in möglichst kurzer Form unverlangt eingereichte Spielfilmdrehbücher und -treatments, in denen die Hauptfiguren alles hinter sich ließen und es sich einmal so richtig bewiesen: vor imposanten Kulissen in Gefahr gerieten, skurrile Wetten gewannen und ihr Leben änderten oder irgendeinen Gegenstand wiederfanden, der sie an ihre Kindheit erinnerte, und sich ihr Leben von selbst änderte (meist öffnete ein Foto oder ein alter Teddy das verschlossene Tor zum verschütteten Selbst beziehungsweise unweigerlich wahreren Ex-Selbst; punktgenau stand ausgerechnet dann auch eine Liebe bereit); Variationen der immer gleichen Trashtherapie, in der sentimental-symbolische Momente über lebenslange Auseinandersetzung, Arbeit und Erfahrung triumphierten (während mein unkomprimiertes, unsublimiertes Leben gerade voller Spielzeug und Smalltalk über irritierend unvergessene, ungebrochen identitätsstiftende Kinderserien war – ohne dass irgend jemand von uns nostalgischen Ex-Kindern Lust gehabt hätte, sich das Zeug gemeinsam mit dem Nachwuchs wieder anzuschauen).

Anstelle von Jobs wurden mir Praktika und Fortbildungen angeboten, doch ich fühlte mich nicht wieder jung, bloß wie eine Anfängerin. Auf einen Programmierkurs ließ ich mich ein, um dann im Verein über die Zeitverschwendung zu schimpfen (auch wenn es später nicht schaden sollte, Websites wenigstens aktualisieren zu können). Ich wusste, dass ich mich um meine Zukunft kümmern, meine Kontakte zu Filmfirmen und Fernsehsendern intensivieren oder mich entschieden umorientieren musste, bevor meine – ohnehin eher unklaren – Qualifikationen nach und nach verjährten und meine Ex-Chefin, meine einzig relevante Referenz, mich ganz vergaß (ich dagegen dachte oft an sie, im Nachhinein begriff ich erst, wie sehr ich sie gemocht hatte. Wie nett sie sich immer entschuldigt hatte. Und ohne das Zeugnis, das sie mir zwar spät, aber mit umso mehr Herz geschrieben hatte, wäre ich nie zu so vielen so enttäuschenden Vorstellungsgesprächen eingeladen worden). Ich begann mir Fristen zu setzen, die ich großzügig alle paar Wochen verlängerte, denn sie verflogen so schnell, diese Wochen und Monate. Es gelang mir nicht einmal, meine Freizeit zu verderben; mein Gewissen war gerade schlecht genug, um einem Abend auf dem Sofa hinreichenden Kitzel zu verleihen (schon lange heuchelte ich beim Fernsehen kein professionelles Interesse an Programmentwicklung und Sendeplätzen mehr; diesen Vorwand nahm selbst Jan mir nicht ab). Nur als ich einmal beim Hüpfen durch die Kanäle im Abspann einer Opernübertragung den Namen *meines Regisseurs* entdeckte, kam es mir so vor, als hätte ich doch etwas verpasst. Sofort flatterten ein paar meiner abgelegten Zweit-Ichs auf, als hätten sie nur darauf gewartet in ihrem tiefen Speicher: die eine mit der Theatererfahrung, die andere mit einer – bereits unkündbaren – Stelle als Lehrerin, eine elegante (selbst mir) Unbekannte mit perfektem Chinesisch sowie eine souveräne (wenn auch möglicherweise eher unterbeschäftigte) Kulturmanagerin. Kaum schüchterner hinter ihr eine Mutter mit zwei Kindern – oder vielleicht sogar drei? Ich wollte nicht daran denken, schaltete den Applaus weg und landete in einer Talkshow, in der Gabriella über ihr Buch sprach (von dem ich zum ersten Mal hörte): anscheinend eins dieser witzig-beschaulichen Wutbücher, in denen jemand (in diesem Fall eine Rudolf-Steiner-Pädagogik-geschädigte Mutter) in aller Ruhe um sich schlägt und dabei Geld verdient (selten sehr viel Geld; doch für Gabriella die Rettung, zumindest eine Chance, ein Anfang, auf den sie jetzt aufbauen musste: wahrscheinlich waren *Die Rückkehr der Waldorfmutter* und *Die Waldorfmutter – Keine Alternative* schon in Vorbereitung). Annalenas *Schweinehund*-Reihe war dagegen ausgelaufen, neue Bücher konnte ich nicht finden, obwohl ich gezielt suchte (denn Gabriellas Fernsehauftritt hatte eine meiner liebsten Wiedergängerinnen belebt: die ewige Studentin, die übers Internet mit sämtlichen Bekannten befreundet, also wenigstens informiert bleibt, obwohl alle längst ein richtiges Leben unter Zeitdruck in neuen Zusammenhängen führen). Inzwischen bevölkerten Kindergartenmütter und Spielplatzväter meine Welt: Johanna, die zu Beginn ihrer Schwangerschaft überglücklich gewesen war, promovieren zu können, und nun die Arbeit leider auch schreiben musste; Yasmin, die sich aus Verlegenheit mit Gehäkeltem selbstständig gemacht hatte und seit Jahren gefasst auf das Ende ihres Erfolgs wartete; Dorothee und Hans, die sich trennten, kurz nachdem sie sich endlich auf einen Hochzeitstermin hatten einigen können; meine Studienfreunde beschäftigten mich allmählich weniger. Gut, Vincent hatte ein Sabbatjahr eingelegt und genoss das Leben auf einer Insel, deren Namen er verheimlichte (entweder weil sie ihm nicht exklusiv genug war oder weil er keinen Besuch wünschte; wahrscheinlich würde auch er mit einem fertigen Buch zurückkehren und irgendetwas wie *Turboentschleunigung* oder *Akzelerationismus zur Entspannung* als neuen Trend etablieren). Annkathrin schickte Fotos von ihrem zweiten Baby. Daniela bloggte ebenfalls zu Familienthemen, inzwischen aus Schweden (ohne dass ich jemals herausfinden würde, wie sie den Störfall in Fukushima miterlebt hatte: noch in Kyoto und entschlossen, cool zu bleiben, vor allem im Gespräch mit besorgten Verwandten; bis ein – letztlich unbegründeter – Krebsverdacht bei ihrer Schwester in Deutschland sie in Panik stürzen und zu sofortiger Rückkehr bewegen sollte; was ich allerdings nie erfahren würde, weshalb es auch ganz anders gewesen sein kann und muss). Melanie tanzte wieder (nach Abschluss ihrer Tangolehrerausbildung wartete eine Stelle an einer Schauspielschule auf sie). Meret und ihr neuer Freund erhielten einen Preis für die Weiterentwicklung unseres *Kulturkomparserie*-Projekts, das nun *Epigonen 3.0* hieß (dabei liefen zu diesem Zeitpunkt bereits ihre multimedialen *Experten von gestern*). Auch Fabian hielt seine Schüler treu zu Avantgardeimitationen an; in ihrem virtuellen *Faktencheck* ließ sich so manches munter manipulieren (was im Rahmen einer Schulwebsite noch irritieren konnte). Anna versuchte, das aktuelle Weltgeschehen in ihre persönliche Timeline zu integrieren, wenn auch mit immer mehr Mut zur Lücke: die Berufsakademie und ihre afghanischen Pflegekinder nahmen sie in Anspruch. Als ich sie am Telefon fragte, wie sie das allein mit den beiden Jugendlichen schaffe, gab sie zu, dass es anstrengend sei: »aber weniger schwierig als gedacht.« Und ich sagte mir, dass ein bisschen Effizienz und Motivation auch mir vielleicht nicht geschadet hätten. Ich sah, hörte, las zwar weiterhin Nachrichten, doch tatsächlich war die Konsumentenzeitschrift der *Stiftung Warentest* die einzige kritische Publikation, die in diesen Jahren Einfluss auf meine Lebenspraxis hatte. Ansonsten versteckte ich mich hinter Jans beruflichem Engagement (eine Art Co-Professionalisierung, noch bequemer als seine wachsende Routine). Er war weiterhin für Begabtenförderung zuständig, was zunehmend Sprachkurse und Weiterqualifizierungsprogramme für Flüchtlinge einschloss; damit konnte ich mich identifizieren (ohne selbst etwas dafür zu tun).

Olivia allerdings musste ich bitten, erinnern, drängen, mich aus ihrem Verteiler zu nehmen; inzwischen sympathisierte sie mit jedem Regime, solange es etwas gegen die USA und (immer expliziter) gegen Israel hatte, und pflegte eine sehr eigene Theorie zu der rassistischen rechtsradikalen Mordserie, die nach Jahren allgemeiner Ignoranz (auch ich hatte mich damals nur für das *Phantom* interessiert, diese nicht fassbare Extremtäterin, deren DNA an einem der Anschlagsorte sowie einmal, nach einem Einbruch, sogar ganz in meiner Nähe, zwei Straßen entfernt, gefunden worden war; da ließ sich gut gruseln, bis sich herausstellte, dass dieser Geschichte nichts als verunreinigtes Spurensicherungsmaterial zugrunde lag) endlich beendet war und seit einiger Zeit vor Gericht verhandelt wurde. Doch Olivias Vertrauen war (seit wann nur?) zerstört, zerschossen, blind trieben die Stücke durch eine Welt voll verdächtig zugänglicher Information und koppelten sich umso sehnsüchtiger an jedes Gerücht, jede Theorie, die exklusiveren Einblick versprachen und Hilflosigkeit und Bedürftigkeit zur Methode verklärten.

»Ja, möglich, nein, unvermeidlich, dass jedes Beweisverfahren unzulänglich, jedes Erkenntnismittel kontaminiert und Vertrauen nur unter Vorbehalt zulässig ist; aber dann gerade den Vorbehalt über Bord zu schmeißen – ich meine, die hat doch auch mal studiert!«

»Na ja, davon merkt man bei vielen Leuten wenig.« Jan zuckte nur mit den Schultern.

Und dann kam das Kind angelaufen und hatte schlecht geträumt, doch mit einem Satz war alles wieder gut. (Und vielleicht suchte Olivia auch nur nach einem solchen Satz und hatte bloß vergessen, dass sie kein Kind mehr war.)

Sandra dachte nicht an Kinder und ließ sich dennoch von mir per Internettelefonie (wenn mich die Auftragslage nachts an den Computer zwang, schien sie mir an ihrem Bildschirm in Boston näher als alle Freundinnen vor Ort) alles über Zeit-

und Schlafmangel und Überarbeitung trotz Unterbeschäftigung erzählen, aber auch von den *Momenten*: diesen Momenten, wenn das Kind nach stundenlangem Lachen und Hüpfen und Singen und wieder Lachen »Kitzeln!« schreit, sobald es einmal nichts zum Weiterlachen findet. Wenn es darauf besteht, nicht müde zu sein, nicht überdreht, nicht süß, nicht unser Kind, nicht in seinem Zimmer, in seinem Bett zu sein, und sich *nur im Spiel* hinlegen und kuscheln will; und halb im Schlaf die Augen kurz noch öffnet, um sich gewissenhaft dann doch zu sich, zu uns, zum Spiel zu bekennen. Wenn es bettelt und quengelt, sich hineinsteigert in irgendeinen Wunsch (der ihm am nächsten Tag bereits egal sein wird), heult, klammert, um sich schlägt; abbricht, lächelt, sehr charmant: »Sagst du *na gut?*« – und sich nicht ernst genommen fühlt und wirklich wütend wird. Wenn es wegläuft, ein paar Schritte voraus ins tägliche Einkaufs- oder Spielplatzabenteuer, vor jeder Ecke stehenbleibt, sich umdreht, um zu schauen, ob wir brav folgen. Und als ich es doch einmal aus dem Blickfeld verliere, im Park, leichtsinnig, unaufmerksam im Gespräch, und meine vergessene, verdrängte Angst doppelt, dreifach aufzusteigen beginnt – aber da hör ich es rufen, suchen, verzweifelt schreien; und schon bin ich, voll Erleichterung, wieder da, es schaut mich an, löst sich aus meinen Armen und fasst sich ins Gesicht: »Ich weine« (halb vorwurfsvoll, halb überrascht) und staunt und ist getröstet mit diesem Satz (weint schon nicht mehr). Sandra lächelte höflich, schaute sich nur gelegentlich auf ihrem Schreibtisch um, wechselte aber schließlich das Thema. Seit einiger Zeit interessierte sie sich für die Beatgeneration. Zunächst hielt ich auch das für pure Höflichkeit, weil ich zu der Literatur, mit der sie sich sonst befasste, wenig zu sagen hatte. Doch solange die Krimi-Exposés, die ich kommentieren sollte, so überraschungsarm blieben (und mir auch nicht einfiel, wie sie spannender werden konnten), ließ ich mich nur zu gern auf das Thema ein und begriff allmählich, dass es sie ernsthaft faszinierte. Als sie von den Beat-Biografien erzählte, deren Rechte ihre Agentur vertrete, und von ihren Ginsberg-Tonbändern, kippte mein Enthusiasmus jedoch und verwandelte sich in blanken Neid, den zu verbergen mich soviel Energie kostete, dass ich erst mit Verzögerung bemerkte, was sie vorhatte: »Da du bereits eingearbeitet bist« – also, dann werde sie mich *als Kerouac-Spezialistin* empfehlen. Wenn ich einverstanden sei. Gut sei diese Übersetzungsarbeit allerdings nicht bezahlt. Erst da begriff ich, dass sie wirklich mich meinte.

Schon beim Gedanken an diese Arbeit (wie sich herausstellen sollte, mein drittschlechtest bezahlter Auftrag, seit ich mich mit Texten abgab) bekam ich Rückenschmerzen. Ich sagte sofort zu und unterschlug (auch vor mir selbst), dass ich zuvor noch zehn Treatments (mein bestbezahlter Auftrag in diesem Jahr) zu beurteilen hatte (was von Anfang an Terminprobleme garantierte). Nach drei Wochen (Kerouacs magische drei Wochen) hatte ich gerade erst begonnen, mich ins englische Original einzulesen. Die fremden Wortmonster wirkten auf den ersten Blick zugänglicher als erwartet, doch ich war skeptisch, rechnete mit Problemen, bereitete Jan auf strapaziöse Monate vor, forderte vorsorglich Sonderkonditionen, kinderfreie Abendschichten, noch mehr Kücheneinsatz, Nackenmassagen; die Kerouac-Biografie war umfangreich, und ich hatte keine Übersetzungserfahrung.
Jan nahm es gelassen: »Nun bekomme ich mal mit, wie das damals bei euch so war, bei Kerouac und dir.«
Und insgeheim rechnete auch ich mit reinem *Kickwriting*-Glück, mit nächtlichen Schreibexzessen, Kämpfen mit meinem müden Selbst, Konzentrationsräuschen, Wortfindungswundern am Rande der Erschöpfung, ja, es würde hart werden, ein Ausnahmezustand – ich konnte es kaum erwarten (obwohl

ich noch nicht wusste, dass diese Biografie am Ende auch den Kontakt zum Amerikahaus herstellen würde, zu meinem neuen Traumjob, vorerst befristet auf ein Sommerfilmprogramm, aber mit Perspektive).

Und dann saß ich in einem ausgeleierten T-Shirt (längst passten mir trotz einer Schicht Restspeck am Bauch die alten Kleider wieder) am Computer, mitten in den USA der 20er Jahre (mit Ausblick auf die 40er und 50er, ohne die Kerouacs Kindheit niemanden interessieren würde), fuhr meine schönsten Formulierungen auf und versuchte, sie in die vorgegebene Richtung zu biegen. Sie wehrten sich, meine Wortmonster; doch manchmal konnte ich sie überlisten. Die allzu widerspenstigen sammelten sich in einer Datei verworfener Varianten, wo auch die Vokabeln landeten, die mir direkt aus dem Wörterbuch in den Text gerieten, wenn ich mich zu eng an den englischen Sätzen orientierte. Nur langsam gelang es mir, den richtigen Abstand, das richtige bisschen Freiheit zu finden (eine wacklige Balance bis zum letzten Wort). Sprachlich erforderte die Arbeit ein Maximum an Wachsamkeit; die *Kerouac-Spezialistin* in mir war dazu da, einen Überblick über die Zusammenhänge zu behalten, Anspielungen zu bemerken und in angemessener Beiläufigkeit wiederzugeben, sich ansonsten aber zurückzuhalten. Ich achtete auf meine Untertöne, besonders dort, wo ich die Einschätzung des Autors nicht ganz teilte. Und wieder waren drei Wochen vorbei, schon war Frühling, es gelang mir zwar, mich zu disziplinieren, nicht mehr fernzusehen, ausschließlich vom Spielplatz aus zu telefonieren und im Internet nur noch ins Hundertste, nie mehr ins Tausendste zu geraten; mich zu konzentrieren.
Und dennoch war Jack Kerouac nicht mehr der Alte. Je besser ich mit dem Text zurechtkam, desto deutlicher spürte ich die Unterschiede: ich war langsamer als früher (die Verzweiflung

über mein Tempo fühlte sich allerdings erschreckend vertraut an). Ich war stärker beansprucht, leichter erschöpft und erreichte so den tranceähnlichen Zustand zwischen Übermüdung und Überwachheit zwar schneller als damals; aber ich war nicht mehr allein. Obwohl ich alles tat, um mich aus unserem Kleinfamilienbetrieb auszuklinken: Arbeitsexzesse waren nur noch punktuell nach beharrlichem Anlauf möglich (aber letztlich waren auch meine im Nachhinein so produktiven Magisterarbeitswochen nur durch lange, viel zu langwierige Vorbereitungen möglich gewesen, deren Mühsal ich inzwischen längst vergessen hatte). An manchen Abenden, in der neuen Wohnung, an einem anderen Computer, Kerouac-Zitate vor Augen, Notizzettel rund um den Schreibtisch, passten für Momente mein Koffeinpegel, der Zeitdruck, die Konzentration so gut zusammen, dass ich meinte, den Geruch von Erbsensuppe wahrzunehmen; obwohl das Kind die nicht mochte und wir daher schon lange keine Erbsensuppe mehr gegessen hatten, aber daran dachte ich nicht, für Momente vergaß ich sogar, dass Jan im Nebenzimmer unserem Kind vorlas. Als er es einmal für einen Gute-Nacht-Kuss hereinbrachte, war ich fast überrascht, mit einem Mal gerührt, dass wir es geschafft hatten, den richtigen Zeitpunkt für genau dieses Kind nicht zu verpassen.

Und noch einmal drei Wochen, und die Arbeitsprobe, die der Verlag zur Bedingung gemacht hatte, war endlich fertig. Und ich freute mich, dass ich weitermachen durfte. Weiterhin zu langsam (und mit wachsender Gewissheit, dass es zum Schluss noch einmal eng würde), aber meine Übersetzung nahm Gestalt an (und würde am Ende auch meiner Magisterarbeitsqual nachträglich noch eine Portion Sinn geben; als würde sich dadurch etwas runden, dass Kerouac wieder aufgetaucht war). Satz für Satz fand ich deutsche Worte über sein Leben. Wann immer es hakte, zu wenig passte, stieß ich verstärkt Wörter aus, Massen an Vokabeln, zwischen denen ich mich entscheiden konnte. Ich musste die richtige Nuance nur treffen (aber mit meinem breiten Beschuss tat ich immer zuviel des Guten). Alles war doch vorgegeben, bereits einmal geschrieben, fast schon da. (Und das beschriebene Leben längst vorbei, erforscht, ausufernd kommentiert; und doch in der Formulierung noch so offen.)

Ich feuerte mich an. Mit etwas Anstrengung und gleichzeitig ein bisschen Nachlässigkeit, sagte ich mir, könnte der komplette Text längst vorliegen; schließlich handelte es sich nicht um Lyrik, bei der es auf jede Silbe ankam. Aber *typing, not writing* ist leicht gesagt. Statt unbefangen Seiten zu füllen, blieb ich an den Sätzen kleben. Nur Schritt für Schritt (und wieder drei Wochen vorbei und wieder und noch einmal und wieder), mit beständiger Konzentration und Hilfe aus immer mehr Wörterbüchern, tat sich etwas (und nur so konnte sich etwas tun, das wusste ich doch; und erwartete trotzdem jeden Moment den entscheidenden Ruck, den Durchbruch, von dem an *es flutschen* würde). Längst war der Termin erreicht, zu dem ich erschöpft, aber glücklich hatte sein wollen; jetzt war ich nur erschöpft, und alles ging weiter. Der Sommer war vorbei, aber ich schwitzte, und ich vermisste Jan, obwohl er doch da war – auch wenn ich ihn immer seltener sah (wie mir jetzt erst auffiel). Mit unseren Arbeits- und Kindsbetreuungsschichten lebten wir schon länger zeitversetzt. Und dennoch kam es mir mit einem Mal so vor, als hätte ich ihn aus dem Blick verloren. Und als müsse man sich deswegen fürchten.

An diesem Abend wartete ich darauf, dass er nach Hause kam. Das Kind schlief bereits, ich hätte arbeiten können. Ich überschlug die letzten Kapitel, Vorwort und Nachwort, Seiten-

anzahl, best case und worst case, rechnete (mit vielen, mit immer mehr Unbekannten), wie lange Jan das noch mitmachen würde, ohne sich zu beschweren (oder gleich zu gehen?). Ich überlegte, wann ich das letzte Mal wie lang mit ihm geredet hatte (und ob es wieder nur um Synonyme und Partizipialkonstruktionen im Englischen und im Deutschen, also um Kerouac gegangen war). Wie lange ich mir eingebildet hatte, mein Arbeitsstil fördere die Vater-Kind-Bindung auf niemandes Kosten. Und wie groß die Wahrscheinlichkeit war, dass er dort draußen, auf seiner Tagung, oder war es nur ein Meeting, oder wo auch immer, auf einmal sich, die Frau oder doch die Droge seines Lebens gefunden habe.
Als er bald darauf in die Wohnung kam und nur den Bus verpasst hatte (was ich ihm viel zu gern glaubte), war er müde und zog sich in sein Zimmer, an seinen Computer zurück. Aber ich hätte so gern aus seinem Mund gehört, woher auf einmal meine Angst kam und warum sie so groß war und mit jeder Minute größer wurde: meine Angst, dass sich im Nachhinein alles als Illusion herausstellen könnte: dass ich all die Jahre mit seinem Doppelgänger zusammengelebt hätte, den es gar nicht gab; dass bei seiner Herkunftsgeschichte doch kein Familienleben möglich sei. (Gleichzeitig fürchtete ich schlicht um meine Übersetzungsarbeit, ich brauchte Jans volle Unterstützung, besonders während der letzten Kapitel, er durfte jetzt nicht schlappmachen. Und ich auch nicht.) Nach fast zwei Stunden Ewigkeit hielt ich es nicht mehr aus.

»Bist du eifersüchtig auf Kerouac?«, fragte ich, um irgendetwas zu provozieren. Aber er war froh, dass ich meinen Kerouac hatte. Er wisse auch, dass in wenigen Wochen alles wie zuvor, alles wieder gut werde, also zumindest weniger anstrengend; selbstverständlich brauchte ich Zeit für mich – und meine Eltern seien doch auch ein ganzes Wochenende schon einge-

sprungen (allmählich fanden sie in einen Rhythmus, sich um ihr Enkelkind zu kümmern; *Kerouac* als Stichwort hatte ihnen verdeutlicht, dass Not am Mann war).
Jan starrte weiterhin auf seinen Bildschirm. Auch er brauchte Zeit, an seinem Computer, ohne Eindringlinge in sein kleines Arbeitszimmer, ohne meine Blicke über seine Schultern, ich konnte ohnehin nicht erkennen, ob er noch am Tagungsprotokoll, an seinen Nach-Meetings-Notizen herumbastelte oder was er da (nach so vielen Jahren kontrollierten Umgangs mit Games) spielte, was oder wen er im Internet suchte, es interessierte mich auch nicht, viel wichtiger schien mir in diesem Moment zu wissen, wie lange das schon so ging, wann ich etwas hätte merken können und wann hätte merken müssen; ob seine Verstimmung oder Krise vor ein paar Tagen begonnen hatte oder vor ein paar Wochen, mit Kerouac oder noch früher, mit dem Kind, dem Umzug, der neuen Arbeit. Oder ob wir von Anfang an so aneinander vorbeigelebt hatten, und ich nicht einmal das bemerkt hatte, aus lauter Liebe zur Illusion. Vielleicht hatten wir uns nur zu sicher gefühlt, vielleicht hatten wir viel zu unbeeindruckt, verdächtig reibungslos, ohne grobe Konflikte und große Feste über die Einschnitte in unserem Leben hinweggelebt. Vielleicht brauchten wir aber auch einfach einen neuen Einschnitt, einen Ortswechsel, Rückbesinnung auf zu lebendig begrabene Alternativ-Ichs, vielleicht war es doch noch nicht zu spät für eine Zeit in Forschung und Lehre; oder doch noch Indianer werden? Statt Jan von meinen Überlegungen zu erzählen, statt ihn zu fragen, was los sei, fing ich hektisch an, aufs Geratewohl vorauszudenken, Vorschläge zu machen, für unsere schöne Zeit nach diesem Stress: »Ich könnte Sandra fragen. In den USA haben sie ja auch Stiftungen –«
Harsch winkte er ab. »Ich muss mir nicht beweisen, dass man sich selbst nicht entkommt. Je pompöser der Aufbruch, desto kläglicher die Rückkehr.«

»Ich hab doch nur gedacht, einmal was anderes –«
»Als ob es das gäbe. Auch Kerouac – gut, da kennst du dich besser aus. Aber selbst Junkies, wenn man die fragt, träumen sie fast alle von heiler Kleinfamilie mit Mercedes im Vorgarten.« Und alle diese Punkte klangen gleich verächtlich aus seinem Mund.

– Schlimm, Herr Hauptmann, schlimm: Wind!

(Georg Büchner, *Woyzeck*)

»Der Witz ist«, sagte Jan, »dass ich dir alles bereits erzählt habe. Natürlich weißt du nichts davon.«

Ich fragte mich, ob ich allmählich richtig Angst bekommen sollte. Immerhin drehte er sich nun halb zu mir um. Ich sah einen Blick, so bemüht ironisch, dass ich lieber daran vorbei auf seinen Computerbildschirm schaute. Da spielte er also – nein, suchte, wenn ich das richtig erkennen konnte, im Internet auf irgendwelchen Landkarten herum.

Dann fing mich sein Blick doch ein; jetzt schutzlos, fast zu ernst; nur auf meinen Schreck hin ein verlegenes Lächeln, das ihn entschärfte.

»Ja, du warst nicht dabei. Aber ich hab dir dennoch alles erzählt«, behauptete er, »da –«, er deutete auf den Bildschirm, »siehst du?« Der Kartenausschnitt war dermaßen vergrößert, dass ich nicht erkennen konnte, in welchem Teil der Erde er sich befand.

Er zoomte sich noch tiefer in die Landschaft. Bäume waren zu sehen. Kopfschüttelnd stellte er die Karte wieder kleiner. Ich beugte mich vor und erkannte den Südosten der USA.

»Was hast du in Louisiana zu suchen? Was hast du vor in Amerika?«

Er schüttelte den Kopf. »Da bin ich vielleicht gewesen. Ja, das Problem ist«, sagte er, und ich erwartete Aufklärung, irgendeine Information, worum es ihm ging, doch er schüttelte nur wieder den Kopf, »da gibt es keine Straße. Und ich bin auf einer Straße gefahren. Eine schmale Straße. Kaum Verkehr. Aber eine Straße. Vielleicht ist sie einfach noch nicht im Internet angekommen. Dabei sind diese Karten in letzter Zeit soviel besser geworden – eigentlich hab ich bloß deswegen mal schauen wollen; und schon hatte es mich wieder – es ist so lächerlich. Aber irgendwann würde ich doch gern herausfinden, wo ich gewesen bin. Dabei irre ich mich wahrscheinlich, und es war ganz woanders. Aber hier, schau, da – da bin ich schließlich gelandet. Dahin musste ich allerdings noch einmal lange fahren. Und dort oben war ja kein Stau. Alles andere als das.« Er lachte. Kopfschüttelnd. »Nein, es ist Quatsch. Es gibt zu wenig Anhaltspunkte. Diese Perspektive, so von oben – und in der Erinnerung sieht ohnehin alles anders aus. Ich hatte mir ja eingebildet, längst in Texas zu sein. Dabei war ich vielleicht hier. Hm, oder hier?« Wieder zoomte er sich immer tiefer hinein.

»Jan?«, fragte ich. »Was für Spuren willst du da finden?« (Nur die Spuren seiner Suche, die wären nun erfasst und gespeichert.)

Endlich wandte er sich mir ganz zu. »Ach ja, das weißt du ja auch nicht. Ich war in New Orleans.«

»Wann?«, fragte ich.

»Na, während du deine Magisterarbeit geschrieben hast. *Kerouac!*«, rief er, wie zur Erinnerung (als würde ich die in diesen Wochen benötigen). Wir konnten beide nicht darüber lachen (dennoch war ich erleichtert, allmählich einordnen zu können, wovon er redete). Und wieder starrte er auf seinen Computer. »Diese ganze Reise war von Anfang an vermasselt. Schon auf dem Hinflug habe ich mich entsetzlich gefühlt. Damals habe ich gedacht, es liege an den Terroranschlägen, all diese Kontrollen beim Check-in, die beruhigen ja nicht, man denkt nur umso mehr daran. Aber wahrscheinlich hab ich einfach schon geahnt, dass meine übersteigerten Erwartungen sich kaum einlösen würden – ich meine, für meinen Großvater war Amerika noch etwas!« (Dabei hatte Jan sicher keine *unbegrenzten Möglichkeiten* gesucht, wie vielleicht noch der ehema-

lige *Jungpimpf*, der allerdings bereits froh gewesen sein dürfte, Nachkriegsdeutschland eine Zeitlang zu entkommen.) Wieder ein Kopfschütteln: »Dann ist auch prompt alles schiefgelaufen, schon mit dieser Kontaktadresse in San Francisco – na ja, zumindest war's ein bisschen anders als geplant. Gut, habe ich eben umdisponiert; ich hatte das Buch dabei, also Kerouac – und irgendwie auch dich« (jetzt versuchte er ein kurzes Lachen. Ich wollte aufmunternd zurücklächeln, aber er sah mich nicht an). »Ich meine, wir kannten uns kaum; und ich mail dir auf einmal häufiger als sonst irgendwem.« Er räusperte sich. »So anders ist meine Route letztlich gar nicht verlaufen – na ja, das Haus in Algiers, in dem Kerouac und Cassidy bei Burroughs zu Besuch waren, hätte ich ohne dich sicher nie gesucht. Nach New Orleans wär ich aber in jedem Fall gefahren.«
Also war er in New Orleans. Während ich in meinem Schreibrausch versunken war, nur mit Kerouac beschäftigt, mit mir, mit meinem in Facetten aus Begeisterung, Selbstzweifel, Panik und Wichtigkeit aufgeplusterten Arbeits-Ich. »Aber war zu der Zeit nicht gerade –?«
»Ja, klar. Ist inzwischen auch schon alles verfilmt, *On the Road*, Katrina –«
»Wenn ich gewusst hätte, dass du da mittendrin gesteckt hast!« (Schrecklich!)
Er schüttelte nur den Kopf. Ja, er sei zur betreffenden Zeit in New Orleans gewesen, soviel gab er zu. Doch als der Wetterbericht von Tag zu Tag bedrohlicher klang, habe er sich in sein Mietauto gesetzt und die Stadt verlassen. Ja, er sei dabei gewesen, aber nur auf der Flucht. Er habe viel Zeit im Stau verbracht und sich anschließend verfahren, letztlich aber ein kleines Motel im Hinterland gefunden, wo er sich vor den abgeschwächten Ausläufern des Sturms verkrochen habe.
»Also warst du dabei!«, rief ich.
»Nein, gerade nicht!« Er seufzte: »Ja, in dieser Kurzform –

wenn man das Wesentliche auslässt. Dann könnte man das sagen. Dabei trifft man doch daneben. Und knapp daneben ist eben auch vorbei.«

Ich verstand immer noch nicht, worauf es ihm ankam: »Wärst du lieber in aller Schönheit vom Hurrikan davongerissen worden? Oder in Würdigung des historischen Moments in New Orleans ersoffen?«

»Aber gar so lächerlich hätt's nicht sein müssen. Das hatte mit der Katastrophe überhaupt nichts mehr zu tun. Mit gar nichts! Ich bin da so allein durch die Gegend…« Er seufzte: »Und sobald ich genauer werde – geht's nicht mehr. Ich hab's ja versucht. Ich habe es dir wieder und wieder erzählt. Bis ich mich überhaupt nicht mehr auskannte.«

Dennoch rückte er nun zur Seite, befreite seinen zweiten Schreibtischstuhl von Papieren und zog ihn für mich heran.

Ich hatte nie wissen wollen, warum er über den letzten Teil seiner USA-Reise so wenig redete. Ich glaubte mir damit etwas Schmerzhaftes zu ersparen (was ich vielleicht auch tat: denn woher wollte ich wissen, dass ich nun die ganze Wahrheit hörte).

In seiner Erinnerung sei es windstill.

Dabei war es der Wind, der all diese Autos aus der Stadt trieb. Ausgerechnet den Wind auszublenden, das ging nicht: auf den kam es doch an. Auch wenn der Sturm auf sich warten ließ. Und die Autos sich nur im Schritttempo bewegten.

Wenn er sich konzentriere, sei da schon Wind zu spüren; diese Anspannung in den Armen, immer in Bereitschaft gegenzusteuern. Die Bewegung der Bäume am Straßenrand, der umherwirbelnde Müll.

Seit Tagen hatte er gewusst, dass ein Hurrikan sich auf die Küste zubewegte. Und dass es gefährlich werden konnte, auch wenn die Berechnungen zu Route und Stärke ständig schwank-

ten. Er spürte die Verunsicherung der Leute, er hoffte, wie die meisten, auf blinden Alarm. In Gedanken begann er bereits eine Rundmail »aus dem Mittelpunkt des Medieninteresses« vorzuformulieren, die ihm allerdings doch zu launig geriet. An mich wollte er ohnehin erst wieder nach meinem Abgabetermin schreiben: »zurückschalten, Pause machen und dann, mit ein bisschen Abstand, langsam langsam, mal schauen.«
Ich nickte benommen.
»Ich hielt die Lage für so gefährlich nicht«, sagte er. »Ich fühlte mich gut informiert – was die Unberechenbarkeit des Hurrikans betraf. Was ich schlecht verstand, waren die Evakuierungsanweisungen. Manche Vokabeln hatte ich noch nie gehört. Die Einwohner kannten ihre Infrastruktur. Mir sagten schon die Namen der Vororte nichts, na ja, bis auf Algiers. Natürlich war ich nicht der einzige Tourist, bei weitem nicht. Dennoch fühlte ich mich von all den Warnungen und Notfallvorkehrungen nicht gemeint. Ich war nur zufällig dort, ich gehörte nicht dazu. Dieser Hurrikan war nicht meine Katastrophe. Ignorieren konnte ich ihn trotzdem nicht. Jeder Windhauch machte mich nervös. Also bin ich ins Auto gestiegen. Ich war auf längeres Herumirren eingestellt. Doch nach kurzer Zeit landete ich im gesicherten Evakuierungskorridor. Das war das Erste, was ich dir erzählt habe.«
Ich nickte. Er nahm das als Frage. »Na ja, ich habe auf einmal gemerkt, dass ich in Gedanken Nachrichten an dich formuliere. In Echtzeit, aber natürlich für später. Nichts Besonderes. Ist mir eben unterlaufen. Ab und zu.«
Ich nickte wieder und dachte daran, wie sehnlich ich in denselben Tagen auf Post von ihm gewartet hatte (und um wieviel sehnlicher noch, wenn ich geahnt hätte, wo er steckte).

Der Weg führte stadtauswärts nach Westen, in Richtung Texas. Der Highway war zur Einbahnstraße geworden, alle

Fahrspuren führten in eine Richtung. Und dennoch war die Straße voll. »Eine gigantische Blechlawine. Die große Flucht – so richtig Apokalypse: na ja, Autobahnstau eben. Wenn man wusste, was los war, auch wirklich beeindruckend.« Eine Weile habe er »Go West!« gesummt auf dieser verstopften Straße (das habe er mir aber nicht erzählt; beim Summen habe er gar nichts erzählt, überhaupt sei Summen ein guter Ersatz gewesen, leider habe er das nicht lange durchgehalten). Es ging langsam voran, doch er sah sich bereits in Texas, in einem Internetcafé, in einer Frozen Yoghurt Bar, in einem Hostel, in einem frisch bezogenen Bett – nur noch eine Stunde, vielleicht zwei, bei diesem Tempo eher vier, realistischerweise sechs. Er wusste es nicht. Die Notquartiere in Texas waren wahrscheinlich längst voll. Und zwar mit wirklichen Flüchtlingen, nicht mit Touristen wie ihm.

Trotzdem sei er erst nervös geworden, als das Auto vor ihm vom Highway abfuhr. »Ganz normal, an einer Ausfahrt. Hier. Vielleicht war das hier.«

Wir saßen nebeneinander vor seinem Computer, was wir selten taten; dass er mir an seinem Bildschirm etwas zeigte, war wiederum so alltäglich, dass auch seine Gesten, sein Blick, konzentriert nach vorn gerichtet, meinen Blick nur flüchtig streifend, zum Mitschauen einladend, wie immer wirkten; auch seine Stimme klang nun wieder wie gewohnt.

Seit er also jemand anders aus dem Schwarm habe ausscheren sehen, von diesem Moment an habe er sich gefangen gefühlt im Stau – »obwohl es kaum langsamer voranging, eher schneller. Aber mir kam es vor, als ob wir alle kröchen.«

Die nächste Gelegenheit, von der Hauptroute wegzukommen, ließ länger auf sich warten. Viele nutzten sie, die Schlange vor der Ausfahrt war lang. Er schloss sich an. Stockend ging es weiter. Er war froh über jedes Fahrzeug, das auch diese Straße verließ. Nur langsam dünnte der Verkehr aus; bis er an einer

Weggabelung, eher unbeabsichtigt, auf einer unbefahreneren Straße landete. Erleichtert gab er Gas. Die Straße wand sich durch schwach bewaldete Landschaft. Er war sicher, nach Norden, ins Landesinnere unterwegs zu sein, oder wenigstens weiter nach Westen; doch im Lauf der Zeit begann er sich nach einem Navigationsgerät zu sehnen oder wenigstens einem Wegweiser. Im Radio lief Musik und irgendeine Psychogesprächssendung, der Empfang war schlecht.
»So bin ich doch noch zum Herumirren gekommen. Die Straße wurde schmaler, enger – nach einiger Zeit war ich so allein auf der Piste, wie ich es mir gewünscht hatte. Und schon warst du wieder da. Zuerst hatte es mir einfach gefallen, mir vorzustellen, dir später zu schreiben, zu erzählen, wie ich da einsam durchs Irgendwo fahre, an einer verlassenen Tankstelle Pause mache; kein Mensch ist zu sehen, bis ich nachschaue, ob die Zapfsäulen überhaupt in Betrieb sind: da regt sich etwas, schräg hinter dem Tankstellenhäuschen – und ich reiße die Hände hoch, wirklich, so als hätte ich das in meinem Repertoire an Reflexen; muss aber doch eher aufgesetzt gewirkt haben, denn der Typ dort hinten fängt erst mal an zu kichern. Ich lache mit, erleichtert, total nervös. Immerhin hab ich tanken können. Aber nachfragen, wo ich da war, das hab ich nicht gebracht. Davon zu erzählen ging dann auch nicht mehr so gut, umso verbissener hab ich es versucht. Ich habe stumm vor mich hingeredet, immer auf der Suche nach einer Erzählspur, aus der es mich nicht rausschleudert. Mit etwas mehr Information wär alles besser gegangen; mit ein paar konkreten Angaben, einem einzigen festen Punkt, wo ich den Hebel hätte ansetzen können, um mich aus dem Sumpf zu ziehen.«
Er schwieg, als suche er immer noch nach dem einen Punkt, von dem aus alles nachvollziehbar würde. Ich hätte gern etwas Hilfreiches gesagt, wusste aber immer noch nicht, in welche Richtung er steuerte. Doch dann ging es einfach weiter.

Es wurde einsam. »Wirklich einsam. Viel Natur, keine Ortschaften mehr, nur ab und zu ein paar Häuser. Gelegentlich Gegenverkehr. Aber immer seltener. Niemand konnte wissen, wo ich mich befand. Ich habe immer intensiver an dich gedacht; um ehrlich zu sein, vor allem an den Zeitpunkt – Hauptsache später, Hauptsache irgendwo anders –, zu dem wir uns wiederbegegnen und in aller Ruhe reden würden. Und irgendwie hast du, na ja, nicht sehr speziell du, aber doch du, von diesem Punkt aus schon einmal zu mir hergeschaut und, nun ja, gewissermaßen auf mich aufgepasst. So wie beim Schwimmen, wenn man auf einmal die Strömung spürt: es beruhigt, das Ufer im Blick zu haben; selbst wenn das gar nichts nützt.«

Wir saßen nebeneinander und starrten weiterhin nach vorn, auf seinen Computer, der doch immer nur ein und dasselbe Bild zeigte.

»Damals habe ich mich so nach diesem Moment gesehnt, in dem ich dir das alles würde erzählen können. Ich hab versucht, mich da schon mal hinzuerzählen, aber das geht ja nicht.« Ich nickte nicht, versuchte mich zu erinnern an mein Diplomarbeits-Ich, das noch müder und ähnlich verkrampft vor einem anderen Bildschirm gesessen hatte, mit den Gedanken ganz bei Jack Kerouac und seinen Reisen, konzentriert auf den gefürchteten, befreienden Abgabetermin hinschreibend; dabei den Text vor lauter Wortmonstern nicht mehr gesehen und erst recht nicht gemerkt hatte, dass es gleichzeitig für einen herumirrenden Autofahrer irgendwo in Amerika Schutzengelchen spielte.

»Die Straßen waren jetzt so leer, dass ich fürchtete, auf Umwegen ins Gefahrengebiet zurückzufahren oder in irgendeinem anderen Gefahrengebiet zu landen. Im Lauf der Zeit habe ich hinter jedem Baum einen Sumpf vermutet. Ich habe mich auf die Straße konzentriert, auf den Wind, der nicht wehte – doch, manchmal habe ich gemeint, einen Windstoß zu spüren und habe sogar einen gewissen Gefallen daran gefunden, dir zu erzählen, wie ich durch die Luft gewirbelt würde – dann wieder war alles so ruhig, dass ich geglaubt habe, doch schon in Texas zu sein. Auch das habe ich gleich erzählt – inzwischen sogar laut. Schon allein, um mich wach zu halten. Solange ich mit dir geredet habe, war ich sicher, dass ich da wieder rauskomme.« (Während ich auf meine Weise der Welt abhanden gekommen war; aber ich hätte ohnehin nichts für ihn tun können.)

Das andere Auto allerdings habe er nicht sofort erwähnt. Ganz im Gegenteil, als dieser Pickup vor ihm aufgetaucht sei, habe er aufgehört zu reden.

Erst als es dunkel wurde, habe er unser Gespräch wieder aufgenommen. Er sei müde gewesen, habe sich aber nicht getraut, eine Pause einzulegen, allein am finsteren Straßenrand. Vor allem habe er befürchtet, die Rücklichter des Pickups zu verlieren. Also sei er weitergefahren und habe mir von den Rücklichtern erzählt, diesen Rücklichtern, die diese verlassene Gegend, mit all ihren Sümpfen und Sturmwarnungen kannten, kennen mussten, denn sie waren doch sein einziger Anhaltspunkt. Auch von Nackenschmerzen und tränenden Augen habe er mir erzählt, von den Schlaglöchern, von der irritierenden Treibstoffanzeige – bis das andere Auto scharf abgebogen, wieder abgebogen, noch einmal abgebogen und er hinterhergefahren sei, so wie zuvor.

Die Bremslichter des Pickup leuchteten auf. Und dann gingen auch schon die Lichter an. Mit einem Mal war alles klar zu sehen. Von großen Masten bestrahlten grelle Scheinwerfer das gesamte Grundstück. Offensichtlich handelte es sich um ein Privatgrundstück. »Eine Ranch, dachte ich, das weiß ich noch. Ich war noch nie auf einer Ranch gewesen. Nur im Film.«

Hinten stand ein zweistöckiges Haus. Fenster und Türen waren mit Holzbrettern verbarrikadiert, davor ein Hundezwinger – »ich dachte sofort an eine gewalttätige Sekte, irgendwelche Spinner, die die ganze Welt abknallen wollen. Ich hatte keine Ahnung, ob ich nicht längst in der Nähe von Waco war, gut, ich wusste ohnehin nicht, wo Waco liegt, also konnte Waco überall liegen; wann war das noch mal mit dieser irren Sekte? Aber vielleicht waren wir doch näher an New Orleans, als ich gedacht hatte, und es handelte sich um ganz normalen Sturmschutz.«

Die Fahrertür des Pickups habe sich geöffnet. Ein großer Mann sei ausgestiegen und auf ihn zugekommen und mit jedem Schritt, dem wiegenden Schritt eines Revolverhelden, noch größer geworden. Ein Mann mit mittellangem wehenden Haar und flatterndem Hemd (da war der Wind). Im Zwinger wurde es lebendig, zwei riesige Hunde erhoben sich und kläfften um die Wette.

»Dieser Mann sah aus, als würde er Waffen lieben, Waffen sammeln, nie ohne Waffe aus dem Haus gehen. Und er kam auf mich zu. Und ich, ich war der Typ, der ihn stundenlang verfolgt hatte und am Ende bis auf sein Grundstück gefahren war.«

Langsam habe er sich in Jans Richtung bewegt. »Unglaublich langsam. Wie jemand, der sich nie zu beeilen braucht. Ich habe bereits auf seinen stummen Befehl hin meine Autofensterscheibe hinabgleiten sehen – auch wenn ich sie dann selbst runtergelassen habe, mit zitternden Fingern, zuerst habe ich den falschen Schalter erwischt, und das Fenster auf der Beifahrerseite öffnete sich – was mich schockte, als sei ich da noch angreifbarer; als es dann wieder oben war und das andere unten, stand er schon neben mir. Im Nachhinein bilde ich mir ein, er habe wie Nick Nolte ausgesehen – eine Fehlbesetzung, dennoch: er wird ihm immer ähnlicher.«

Er habe Jan durch das aufruckelnde Autofenster hindurch angeschaut, neugierig, mit verhaltener Ironie. Ruhig, ganz ruhig, überwältigend ruhig.

Ich sah Jan in diesem Auto sitzen, sah ihn fatalistisch in den Lauf einer Pistole blicken, nach einem ewigen Augenblick getroffen zur Seite sacken, sah ihn still verbluten, nein, sterbend davontorkeln, sah letzte Konvulsionen im Straßengraben, hörte ihn kurz vor der Bewusstlosigkeit noch die Macht des blöden Zufalls bedauern; ich sah den Täter in aller Ruhe selbst die Polizei rufen, die dem toten Eindringling mehr Aufmerksamkeit widmen würde als seinem Mörder; ich sah bereits den Freispruch wegen Notwehr; ich sah Jans Großeltern in fassungsloser Trauer (und mich in anhaltender Ahnungslosigkeit); aber ich sah Jan auch lebendig neben mir und wusste, dass die Geschichte gut ausgehen musste.

»Kurze Zeit später war klar, dass er harmlos war und ich der Irre, aber auch harmlos. Er hat mir erklärt, wie ich zum nächsten Highway finde, zur nächsten Tankstelle, zum nächsten Motel. Obwohl ich so schnell wie möglich weg wollte, musste ich mir alles fünfmal erklären lassen, denn ich verstand natürlich auch überhaupt kein Englisch mehr. Er war nett, eigentlich. Nein, richtig nett. Viel zu nett. Unbewaffnet sowieso.«

Das Kind war aufgewacht und rief nach uns. Ich wollte aufstehen, doch Jan kam mir zuvor. Ich hörte aus dem Kinderzimmer seine Stimme, ruhige Worte, schließlich leisen Gesang mit seltsamem Text, in dem sich *Schlaf* auf *Paragraf* reimte.
Ich starrte Jans Bildschirm an und stellte mir ein Mietauto vor, das sehr klein, sehr langsam über die Landkarte kroch. Aber woher sollte ich seine Route kennen. Ich griff zur Maus und kehrte nach New Orleans zurück, suchte nach Informationen

zu Katrina. Viele Leute hatte man nie gefunden, die Zahl der Vermissten war immer noch hoch.

»Manchmal glaube ich selbst nicht, dass ich wirklich dort gewesen bin«, sagte Jan, als er zurückkam. »Die Katastrophe habe ich in jedem Fall verpasst, so oder so. Aber dieses Haus würde ich schon gern wieder finden. Nur von oben. Als ob dadurch irgendwas weniger peinlich würde. Doch ohne die Straße – ich hab einfach zu wenig in der Hand.«
In den folgenden Tagen habe er sich die Berichterstattung über Katrina im Fernsehen angeschaut. Der Sturm blies rund um das Motel, in dem er ein schäbiges Zimmer gefunden hatte.
»Wie windig es dort wirklich war, habe ich vergessen. Manchmal war es laut, irgendwas krachte und klapperte – ja, doch. Aber im Fernsehen, da war der Sturm. Ständig wurde aus New Orleans berichtet. Überall diese Reporter, die sich halb umblasen ließen, mit aufgebauschtem Mikrofonschutz im Wind, die erzählten, wie wenig man wisse, was diese angekündigte Katastrophe alles anrichten könne. In Florida wurde bereits aufgeräumt. In New Orleans stand das Schlimmste noch bevor. Später sah ich Aufnahmen aus dem Superdome. Und einen Moment lang, nur einen Moment lang, habe ich mir eingebildet, mich selbst, ein blasses Gesicht unter all den vielen Gesichtern zu sehen. Während der nächsten Momente war ich froh, entkommen zu sein – andererseits: *das* wär was zu erzählen gewesen. Aber meine Geschichte war eine andere. Und ich kam nicht los von ihr. Immer wieder meine Geschichte, diese von Mal zu Mal peinlichere Geschichte. Immer wieder neu, jedesmal lächerlich – dieses Nichts von einer Geschichte, so gar nichts, so überhaupt nichts. Es wurde immer schlimmer. Na ja. Dieser Schockmoment beim Fernsehen hat mich daran erinnert, mich wenigstens bei meinen Großeltern zu melden.« Es habe überraschend gut getan zu sagen, dass er noch am Leben sei.

Er habe sich darum gekümmert, seinen Mietwagen loszuwerden. Die Busfahrt nach Houston gebucht. Und seinen Rückflug nach Deutschland vorgezogen.

»Hättest du dich jemals wieder bei mir gemeldet?«, fragte ich. Er schaute auf seinen Bildschirm und hob schließlich die Schultern. »Du hast dich ja gemeldet.«
Langsam wandte er sich mir zu, den Blick gesenkt. »Natürlich war das ganz mein Problem. Ich hätte dir nichts erzählen dürfen – damals, meine ich. Vielleicht wäre ich dann handlungsfähig geblieben. Hätte wenden können, davonrasen. Meinen eigenen Weg nehmen, von Anfang an. Doch ich bin nicht mehr rausgekommen aus diesem Film.« (So fest hielt ich, meine imaginierte Doppelgängerin, ihn in dieser Szene, die im Nachhinein so peinlich gewesen sein würde und immer noch peinlicher wurde.)
»Als der Revolverheld, dieser unbewaffnete Revolverheld, aus seinem Wagen gestiegen ist, kam mir alles unausweichlich vor. Ich konnte nicht mehr aufhören zu erzählen. In der verzweifelten Hoffnung, mich aus meinen Erlebnissen herauszuerzählen, die Situation, in der ich da steckte, in eine sichere Vergangenheit zu rücken, habe ich mich ans Lenkrad geklammert und nach Worten für diese Situation gesucht. Ich wusste ja nicht einmal, wo ich war! Dennoch musste ich erzählen, ich konnte nicht mehr anders als dir zu erzählen, wie ich da im Auto gesessen und gedacht haben würde, dass es sich nicht lohne, Angst zu haben: ich hätte doch nichts mehr zu verlieren.« Aber genau in diesem Moment sei ihm klargeworden, dass man immer alles zu verlieren hat.
Doch dann habe sich auch das in nichts aufgelöst. Und davon zu erzählen bringe auch immer wieder nur: nichts. (Aber mehr davon, als ihm lieb sei.)

Und die Zeit verging und verging ... – Ich Idiot! Die Zeit! Genau! Ich brauchte ja bloß die Zeit anzuhalten!

(Walter Moers, *Käpt'n Blaubärs Seemannsgarn: Die Piraten von der Haifischbucht*)

»Und wieder Winter«, sagt das Kind (den hatten wir doch gestern schon). Und wieder ein Terroranschlag, diesmal in Paris (aber ich schirme uns, auch mich, vor den Nachrichten ab, weil das Kind schon soviel mitbekommt von dem, was aus dem Radio dringt, was die fassungslosen Gesichter im Fernsehen, die Tatortfotos auf dem Computerbildschirm, meine ausweichenden Erklärungen bedeuten; ich versuche, meinen Schock auf den Abend zu vertagen).

Es ist Winter, kein kalter Winter, dennoch darf das Kind nicht in Sandalen raus. Doch es besteht auf den leichten Schuhen, die ihm kaum noch passen, und fühlt sich von jedem schwachen Sonnenstrahl, der durchs Fenster dringt, bestätigt.

Wir wollen hinausgehen, das Kind und ich, nein, nun will das Kind nicht mehr; ich will und hätte gern, dass es auch will; schon lange muss ich alte Babykleidung zum Sammelcontainer bringen und Bücher in der Bibliothek abholen, »auf dem Weg könnten wir im Park vorbeischauen, Kiefernzapfen und Stöcke sammeln, Maroni essen oder Waffeln«, ich versuche alles.

Doch das Kind hat keine Zeit. »Später!«, ruft es und trabt in sein Zimmer. Es möchte auf seinen Papa warten, es will ein Bild malen und danach unzufrieden damit sein. Doch als ich versuche, es abzulenken von seinem Missvergnügen, es nach draußen zu locken, da fällt ihm etwas Neues ein; es hat schon wieder keine Zeit und soviel zu verpassen: es muss eine Garage bauen und dafür den Turm von gestern einreißen, einen

Puppenbrei kochen und ein Buch suchen und noch eins und die Puppe trösten und danach vielleicht rausgehen, aber erst dann. Und ich frage die Puppe, ob sie nicht in den Park will, aber die Puppe hat auch keine Zeit, denn alle Puppen und Tiere machen zusammen einen Ausflug. »Aber nicht nach draußen!«

Ich gebe auf und fülle die Waschmaschine und schaue ein Wort im Synonymlexikon nach (inzwischen ist die Biografie übersetzt, es fehlt nur noch das Nachwort, ein paar Anmerkungen sind zu überprüfen, das Literaturverzeichnis zu aktualisieren; die Bücher liegen seit Tagen für mich bereit, und ich hätte sie gern zu Haus, auch wenn ich bereits ahne, dass ich sie an diesem Abend kaum durcharbeiten werde), einmal nach Mails schauen, und ich habe vergessen, die Waschmaschine einzuschalten, staube schnell ein Regal ab, während das Kind die Säcke mit der aussortierten Babykleidung entdeckt und ernst, geduldig Strampelanzüge anprobiert, die ihm nie mehr passen werden.

Endlich kommt Jan von der Arbeit nach Haus, wir signalisieren einander über den Kinderkopf hinweg Bestürzung wegen der Morde (eine Weile werden auch wir CHARLIE sein, und das Kind wird den Namen sogar im Kindergarten hören und denken, es ginge um Cartoons).

Das Kind hängt sich an seinen Hals, und ich will schnell meine Bücher holen. Doch nun ist das Kind zu allem bereit. Es will mich nur nicht allein gehen lassen.

»Jetzt ist aber bloß Zeit für die Bibliothek: das wird langweilig«, warne ich. »Und stressig: die machen bald zu. Ich fahre hin, hole drei Bücher ab, dann geht's wieder zurück, mehr nicht.«

»Ich will mit. UNBEDINGT.«

»Gut«, sage ich. »Gut. Aber beeil dich. Bitte. Komm. Jetzt komm. Schnell. Wir kommen zu spät.«

»Ja«, sagt das Kind und greift nach seinen Stiefeln. Und nimmt sich alle Zeit der Welt.

Mit freundlicher Unterstützung der Kulturabteilung der Stadt Wien

Umschlag: & Co, www.und-co.at
unter Verwendung eines Fotos © picjumbo/Viktor Hanacek
Satz: AD
Druck: Theiss

MIX
Papier aus verantwortungsvollen Quellen
FSC® C012536
FSC
www.fsc.org

ISBN: 978-3-85420-978-2

Literaturverlag Droschl Stenggstraße 33 A-8043 Graz
www.droschl.com